Der Minister und die Katze

von Richard Bercanay

Impressum
Herstellung und Verlag:
BoD – Books on Demand, Norderstedt
ISBN 978-3-7386-2660-5

© 2015 Richard Bercanay
2. Auflage

Photo und Covergestaltung:
© Richard Bercanay 2013

Bibliographische Information der Deutschen Nationalbibliothek: Die Deutsche Nationalbibliothek verzeichnet
diese Publikation in der Deutschen Nationalbibliogra-
phie; detaillierte bibliographische Daten sind im Inter-
net über www.dnb.de abrufbar.

für Kai L.

und in Erinnerung an eine überfahrene Katze, deren Tod für ein politisches Ablenkungsmanöver mißbraucht wurde.

Vorwort

Welch eine Kulisse für einen Krimi! Ein Minister, eine tote Katze und viele Widersprüche. Der Versuchung, hieraus einen Krimi zu machen, war einfach nicht zu widerstehen.

Dabei vollzieht der Krimi ausdrücklich nicht die Handlungen im Detail nach, wie sie sich in der Realität abgespielt haben. Auf dem schmalen Grad der Entscheidung zwischen Tatsachenbericht und durch Tatsachen inspirierte Fiktion fiel die Entscheidung für letzteres. Dennoch finden sich viele Anknüpfungen an die Realität in diesem Krimi wieder.

Ausgangspunkt war der Untersuchungsausschuß gegen den Minister, der sich mit dessen standesrechtlichen Verfehlungen als Anwalt befaßte. Und dann die Geschichte mit der Katze, die in den Medien genüßlich ausgebreitet wurde. Diese Geschichte ist ja auch zu schön. Und daß sie nicht so stattgefunden hat, wie vom Minister beschrieben, macht sie noch schöner. Allein der Weg von der Meldung, daß eine tote Katze nahe des Hauses des Ministers gefunden wurde bis hin zu der Geschichte, daß die Katze stranguliert und mit Schleifchen verziert gewesen sein soll, ist nicht so ohne Weiteres nachvollziehbar. Raum für Spekulationen entsteht und damit auch der Stoff für einen Krimi.

Die eine oder andere Wendung dieses Krimis diente der Dramaturgie und des Aufbaus von Spannung. Teilweise war, dies ist einzugestehen, das Ziel, die Groteske um die tote Katze noch mehr auf die Spitze zu treiben, als dies bereits durch die Realität geschah. Bei allen Irrungen und Wirrungen findet diese Geschichte immer wieder zur Realität zurück, wie sich anhand der im Anhang genannten Quellen nachlesen läßt.

Begeben wir uns nun auf die Reise durch eine groteske Geschichte, deren Grundstrukturen die Wirklichkeit geschrieben hat.

1.

Der grauhaarige Minister sah etwas angegriffen aus, als sich die Pressekonferenz dem Ende zuneigte. Dabei wollte er betont entspannt und gelassen wirken in seinem grauen Anzug, unter dem er ein dunkles Oberhemd mit geöffnetem Kragen und ohne Krawatte trug. Statt dessen wirkte er abgekämpft und müde. Die Fragen zu den Vorwürfen, die die Opposition im Untersuchungsausschuß gegen ihn untersuchen ließ, zermürbten ihn sichtbar. Als sein Pressesprecher mitteilte, daß die Pressekonferenz beendet sei, huschte ein Ausdruck der Erleichterung über das Gesicht des Ministers. Er nahm den schmalen Hefter, den er mitgebracht hatte, in die rechte Hand und verließ den Raum durch die hintere Seitentür, durch die er ihn auch betreten hatte.

Auf dem Flur, der dahinter lag, traf er auf einen etwa fünfunddreißigjährigen dunkelhaarigen Mann, der eine graue Tuchjacke über einen schwarzen Pullover und dazu schwarze Stoffhosen trug. Es handelte sich um den Journalisten Richard Keller, der sich gegen Ende der Pressekonferenz aus einem Seiteneingang geschlichen hatte, um auf dem Flur den Minister abzupassen.

»Oh, nein, Herr Keller«, seufzte der Minister. »Die Pressekonferenz ist zu Ende. Ich habe dort alle Fragen beantwortet. Dem habe ich nichts hinzuzufügen, auch Ihnen gegenüber nicht.«

»Ja, aber ich hätte da doch vielleicht noch etwas genauer nachgefragt.«

»Verschonen Sie mich bitte! Die letzten Wochen waren ohnehin nicht leicht für mich. Es wurde zweimal in mein Büro eingebrochen. Und dann hat noch jemand eine tote Katze vor meine Haustür gelegt.«

»Eine tote Katze?«

»Ja, und nicht einfach nur eine tote Katze. Die war stranguliert worden und mit Schleifchen verziert. So was kenne ich eigentlich nur aus Mafia-Filmen! Das nimmt einen ganz schön mit!«

Keller machte sich Notizen.

»Darf ich das schreiben?«

»Aber sicher, deshalb erzähle ich es Ihnen ja.«

»Glauben Sie, daß die gleichen Leute, die bei Ihnen eingebrochen haben, die Katze dorthin gelegt haben?«

»Möglich ist es. Es sind jedenfalls Leute, denen meine Linie als Innenminister gegen das organisierte Verbrechen zu hart sein dürfte. Das war eine Warnung. Aber Sie können schreiben, daß ich mich davon nicht einschüchtern lassen werde.«

»Und die Katze war mit Schleifchen verziert?«

»Ja. Mit roten Schleifchen. Wie bei der Mafia!«

»Sie lag vor der Haustür Ihres Büros?«

»Nein. Vor der Haustür meiner Wohnung.«

»Und was meinen Sie, wie sie dort hingekommen ist?«

»Na, die wird wohl jemand dort hingelegt haben.«

Keller fuhr in seinen Notizen fort, während er dem Minister zur hinteren Tür des Flurs folgte, die nach draußen führte. Vor der Glastür wartete bereits der Wagen des Ministers. Minister Bernhardt öffnete die Tür.

»Und wann war das?«, fragte Keller noch hastig.

»Am 23. Mai. Entschuldigen Sie mich bitte jetzt, ich habe noch Termine«, sagte der Bernhardt und zog die Tür so hinter sich zu, daß Keller im Flur zurückblieb.

»Charmant, wie immer«, brummte dieser und fuhr fort, seine Notizen zu machen und zu ordnen. Es war zwar nicht viel, aber mit den Erklärungen von der Pressekonferenz konnte man daraus vielleicht doch etwas machen. Zumindest die Katzengeschichte dürfte er exklusiv haben, überlegte Keller und steckte das Notizbuch in die Innentasche seiner grauen Tuchjacke. Auf dem Weg in die Redaktion dachte er über den Aufhänger seines Artikels nach, in dessen Zentrum jedenfalls die tote Katze stehen würde.

In der Redaktion tippte er den Artikel zügig herunter und legte ihn seinem Redakteur Thomas Petersen vor, der ihn mit zunehmendem Schmunzeln las.

»Und die Geschichte mit der Katze halten Sie für echt?«

»Naja, man weiß es nicht. Aber er hat mir das so erzählt.«

»Vor Zeugen?«

»Nein, nur mir.«

Petersen überlegte.

»Wir stehen natürlich dumm da, wenn wir das drucken und er es dann dementiert, zumal es außer Ihnen niemand gehört hat. Dann stünde Ihr Wort gegen seines. Auf der anderen Seite - wenn wir das exklusiv haben, wäre es dumm, wenn wir das nicht nutzen.«

»Ich weiß nicht, ob er das nicht auch anderen Leuten erzählt hat, aber als er es mir erzählt hat, war niemand anderes dabei.«

Der Redakteur blätterte zwischen den beiden Blättern, die Keller ihm gegeben hatte, hin und her und überlegte.

»Den Teil mit der Pressekonferenz bringen wir jedenfalls. Über die Geschichte mit der Katze muß ich noch ein wenig nachdenken. Ich habe bislang nichts davon gehört und eine Mitteilung der Polizei diesbezüglich scheint es auch nicht zu geben. Jedenfalls nicht bei uns.«

»Warum sollte er mir das erzählen, wenn es nicht wahr ist?«

»Das ist die Frage. Wichtiger wäre noch, ob er dazu steht, wenn wir das drucken.«

»Er sagte, wir sollen es drucken.«

Petersen grinste.

»Ja, das kann ich mir denken. Aber wir müssen ja nicht alles tun, was der Minister will. Obwohl - schlecht finde ich die Story nicht. Der Minister und die Mafia-Katze. Gut, Richard, ich denke, ich werde mich auf der Redaktionskonferenz für die Katzengeschichte einsetzen. Haben Sie die Geschichte schon in das System eingegeben?«

»Ja, Sie haben es im Computer.«

»Schön. Rufen Sie mal bei der Polizei an und versuchen Sie, die Geschichte gegenzuprüfen.«

»Habe ich schon, bei der Polizei weiß man nichts davon. Aber vielleicht hat der Minister es nicht gemeldet und nur seine Sicherheitsleute haben sich darum gekümmert. Die habe ich noch nicht zu einem Statement bekommen können.«

Der Redakteur betrachtete die beiden Seiten wieder mit einem betont nachdenklichen Blick.

»Ich weiß nicht. Wir werden sehen, was die Redaktionskonferenz bringt. Ganz ehrlich, ich bin auch noch nicht so sicher, was ich von der Geschichte halten soll.«

»Ja«, murmelte Keller, »ich auch nicht.«

Der Redakteur legte die beiden Blätter in eine Ablage.

»Haben Sie heute noch etwas zu tun?«

»Nur Kleinkram.«

»Gut. Dann möchte ich, daß Sie heute Abend bei der Redaktionskonferenz dabei sind und denen auch noch mal erzählen, wie Sie zu der Geschichte mit dem Minister und der Katze gekommen sind.«

»Ja, gut, mache ich.«

Petersen nickte kurz und Keller kehrte an seinen Platz zurück. Dort las er sich noch einmal seinen Artikel durch und setze sich dann an die unbearbeiteten Artikel, die er noch für den Abend fertigstellen wollte.

Am nächsten Morgen betrat Oppositionschef Martin Fiedler das Büro des Obmanns seiner Partei im Untersuchungsausschuß und legte ihm eine Zeitung auf den Tisch. Saalfeld gehörte der Fraktion der Sozialdemokraten bereits seit zwei Wahlperioden an. Er war vor seiner Zeit als Abgeordneter als promovierter Politikwissenschaftler wissenschaftlicher Mitarbeiter an einer Universität gewesen. Sein Fraktionsvorsitzender gehörte ebenfalls seit zwei Wahlperioden dem Landtag an und war zuvor Anwalt gewesen. Schon vor den öffentlichen Diskussionen über Nebentätigkeiten von Abgeordneten hatte Fiedler auf die Ausübung seines Berufs während des Mandats verzichtet.

Beide Abgeordneten waren Mitte vierzig und gehörten damit der kommenden Generation von Politiken an - jedenfalls, wenn man den Medien diesbezüglich Glauben schenkte. Während Fiedler gerne graue Straßenanzüge trug, war Saalfeld meistens mit schwarzen Pullovern und schwarzen Jeanshosen bekleidet. Sprach er vor dem Parlament, zog er einen schwarzen Sakko über den

Pullover.

»Hallo Frank«, sagte Fiedler. »Hast du heute Morgen schon die Zeitung gelesen?«

»Nein«, erwiderte Saalfeld. »Bin noch nicht dazu gekommen. Steht etwas Interessantes drin?«

»Wie man's nimmt. Unser lieber Innenminister hat einem Journalisten erzählt, daß man ihm eine tote Katze vor die Haustür gelegt hat.«

Saalfeld nahm die Zeitung grinsend in die Hand.

»Was?«, fragte er dabei leicht ungläubig.

»Lies selbst. Mit roten Schleifchen verziert. Wie bei der Mafia, so der Minister.«

Saalfeld las den Artikel und lachte kurz.

»Meine Güte, was muß der Mann verzweifelt sein, wenn er sich so eine Räuberpistole ausdenkt.«

»Wann habt Ihr wieder Sitzung?«

»Übermorgen.«

Fraktionschef Fiedler überlegte.

»Ich finde, wir sollten das zum Thema vor dem Ausschuß machen. Versuch doch mal herauszubekommen, was da dran ist und ob die Polizei auch etwas davon weiß. Wenn Minister Bernhardt das erfunden haben sollte, möchte ich ihn gerne damit öffentlich festnageln.«

»Du hältst das für ein Ablenkungsmanöver?«

»Ja. Es ist doch für den Minister angenehmer, wenn in der Öffentlichkeit über diese abstruse Katzengeschichte gesprochen wird als über seine standesrechtlichen Verfehlungen als Anwalt. Warum soll er sonst einem Journalisten diese Story gerade jetzt zustecken? Kennst Du diesen Keller?«

»Nicht wirklich. Habe Artikel von ihm gelesen. Nicht gerade ein Hofberichterstatter von Bernhardt. Wäre interessant zu wissen, wieso er gerade ihm die Geschichte erzählt hat.«

»Das solltest Du auch mal herausfinden. Ich werde mich inzwischen um den Bericht der Personenschützer von Bernhardt bemühen. Wenn da eine tote Katze bei ihm vor dem Haus gelegen hat, wissen die vielleicht auch etwas darüber.«

Saalfeld machte sich ein paar Notizen.

»Ich weiß nicht, ob das viel hergibt. Aber versuchen kann man es. Wenn Bernhardt sich damit zum Opfer machen will, sollten wir versuchen, etwas dagegen zu unternehmen. Ich werde das übermorgen vor den Ausschuß bringen.«

»Fein.«

Fiedler verließ das Büro wieder und setzte seinen Weg in sein Büro fort. Auf dem Weg dorthin traf er den Fraktionschef der Alternativen und besprach auch mit ihm die Geschichte mit der Katze. Sie verständigten sich, der Geschichte nachzugehen und zu gucken, was dahinterstecken könnte.

Inzwischen war Keller wieder in der Redaktion. Der Redakteur gab ihm ein Zeichen, daß er zu dessen Schreibtisch kommen solle.

»Was gibt es?«

»Nichts«, erwiderte der Redakteur grinsend. »Bislang ist kein Dementi des Ministers eingetroffen und inzwischen hat er den Artikel sicher gesehen. Sie haben aber eine Anfrage von einem gewissen Herrn Saalfeld.«

»Der Obmann der Sozialdemokraten im Untersuchungsausschuß?«

»Ja. Er scheint sich für die Geschichte zu interessieren. Wenn die Opposition die Geschichte mit der Katze vor den Ausschuß bringen, bleiben Sie dran, Keller. Sie haben die Story aufgetan, nun machen Sie etwas daraus!«

Keller zeigte ein leichtes Lächeln.

»Darauf können Sie sich verlassen.«

2.

Mit einem dünnen Aktenhefter bewaffnet betrat Frank Saalfeld das Büro seiner Kollegin von der ökologischen Partei. Die Wände des Büros waren mit Wahlplakaten beklebt. In verschiedenen Aktenschränken standen Ordner, die mit einem grünen Filzstift beschriftet waren. Gabriele Kanz gehörte zu den Gründungsmitgliedern der Alternativen Partei Ende der 1970er Jahre. Sie hatte sich als 19jährige der neuen Partei angeschlossen und saß jetzt, zwanzig Jahre später, bereits seit zwei Wahlperioden für die Alternativen im hessischen Landtag.

Auf ihrem Schreibtisch herrschte eine kreative Unordnung, wie sie selbst bei jeder Gelegenheit betonte. Unter anderem lag auch eine Zeitung mit dem Bericht über Bernhardts tote Katze auf darauf.

Saalfeld legte den Hefter auf die Zeitung.

»Ich denke, wir sollten uns ein wenig mit dieser absurden Katzengeschichte beschäftigen«, verkündete er.

Kanz blätterte durch den Hefter.

»Ich habe inzwischen mit der Polizei telephoniert«, fuhr Saalfeld fort. »Die wissen nichts von einer toten Katze, die stranguliert und mit Schleifchen verziert vor der Haustür des Ministers abgelegt worden sein soll. Wohl aber sei eine tote Katze im Garten des Ministers gefunden worden. Vermutlich wurde sie angefahren und hat sich dann noch durch den Zaun in den Garten geschleppt. Vielleicht war sie auch einfach nur alt und hatte beschlossen, in Bernhardts Garten zu sterben.«

Gabriele Kanz las sich die Notizen durch, die Saalfeld im Hefter gesammelt hatte, und legte ihn dann zurück auf die Zeitung.

»Das ist doch verrückt«, sagte sie dann. »Wieso erzählt Bernhardt dann diesem Keller, daß vor seiner Haustür eine tote Katze gelegen habe, die stranguliert und mit Schleifchen verziert worden war?«

»Weiß ich nicht. Vielleicht will er ja nur ablenken. Ich finde, wir sollten das im Ausschuß ansprechen.«

»Ja, das glaube ich auch. Und die Polizisten sollten wir als Zeugen laden. Stellen Sie den Antrag? Ich werde ihn unterstützen. Vorher halte ich noch mal Rücksprache mit der Fraktion. Aber die werden nichts dagegen haben. Ein paar Kollegen haben sich heute Morgen auch schon über diese komische Geschichte mit der Katze gewundert.«

»Ich treffe heute Nachmittag diesen Journalisten Keller. Möchten Sie dabei sein?«

»Ja, gerne. Wann genau?«

»15:30 Uhr im kleinen Sitzungssaal im Landtag. Ich werde mein Büro anweisen, den Antrag für die Zeugenvernehmung heute noch auszuarbeiten. Dann können wir ihn noch vor dem Wochenende einreichen und haben nächste Woche die Entscheidung darüber. Ende der Woche können wir dann schon die ersten Polizisten in der Sache befragen.«

Kanz schüttelte verständnislos ihren Kopf.

»Ich verstehe das nicht. Wieso bloß erzählt er so einen Mist? Dem muß doch klar sein, daß die Geschichte sich in Luft auslösen wird.«

»Das werden wir vielleicht vor dem Ausschuß erfahren, vielleicht auch gar nicht. Aber ich glaube nicht, daß er sich damit einen Gefallen getan hat. In der Öffentlichkeit wird ihn das lächerlich machen, wenn herauskommt, daß er die Geschichte mit der Katze erfunden hat. Da kommt er nicht so leicht wieder raus.«

»Ja, hoffentlich. Wir bereiten übrigens einen Antrag vor, der den Ministerpräsidenten auffordert, Bernhardt zu entlassen wegen des Verfahrens bezüglich seiner standesrechtlichen Verfehlungen. Ein Innenminister, der als Anwalt gegen Recht verstößt, ist eine Zumutung.«

»Ich denke, den werden wir unterstützen. Viele Hoffnungen mache ich mir allerdings nicht. Der Ministerpräsident hat mit Bernhardt zusammen studiert, und die waren auch zusammen in der gleichen Burschenschaft. Das sind enge Freunde. Er wird Bernhardt nur fallenlassen, wenn es dabei um seinen eigenen Kopf geht, und selbst dann wird er Bernhardt irgendwo unterbringen. Versuchen sollten wir das allerdings trotzdem, allein schon um zu zeigen, was das für ein Vorgang ist.«

»Gut, ich stelle Ihnen den Antrag zu, wenn er fertig ist.«

»Schicken Sie ihn lieber an Fiedler, das geht die ganze Fraktion etwas an.«

»Ja, mache ich.«

Saalfeld nahm seinen Aktenhefter wieder an sich und verließ Kanz' Büro wieder, während sie sich den Termin mit Richard Keller in ihren Terminkalender schrieb.

Inzwischen hatte Keller über das Polizeipräsidium einen der beteiligten Polizisten ermitteln können und sich mit ihm verabredet. Der Termin war zwar ziemlich dicht an seiner Verabredung mit Saalfeld, aber schließlich wollte Keller so gut wie möglich informiert sein, wenn er mit dem Obmann der Sozialdemokraten sprach.

Der Polizist Gerd Mayer hatte um 13:00 Uhr Dienstschluß und um 13:30 Uhr hatte sich Keller mit ihm in einem Café verabredet. Keller hatte den Namen Meyers zufällig herausgefunden. Als er bei der Pressestelle der Polizei nach dem Fund der Katze vor dem Hause Bernhardts anfragte, wollte sich der Sprecher eigentlich gar nicht zu der Sache äußern. Dann ließ er doch – offenbar versehentlich – Mayers Namen fallen, woraufhin sich Keller sofort auf die Suche nach dem Beamten machte und schließlich die Verabredung mit ihm in einem Café um 13:30 Uhr treffen konnte.

Keller wartete bereits um 13:00 Uhr in dem kleinen Café, um den Polizisten auf keinen Fall zu verpassen. Er hatte mit ihm ausgemacht, daß er ein Buch mit einem Katzenmotiv auf seinen Tisch legen würde. So konnte Mayer ihn dann erkennen, denn die beiden hatten einander noch nie gesehen.

Während Keller wartete, sah er sich in dem Café um. Er hatte mit Bedacht eines der kleineren Cafés gewählt, in dem er sowohl vor Abgeordneten als auch vor der Konkurrenz sicher sein durfte. Die Einrichtung des Cafés war sehr schlicht. Tische und Stühle waren aus einfachem, schnörkellosem Holz und hatten wohl die beste Zeit schon hinter sich. Dennoch sah es gepflegt aus in dem kleinen Café, in dem zahlreiche Menschen saßen, die neben dem Kaffee auch einen kleinen Imbiß zu sich nahmen. Keller hatte sich die Karte in der Erwägung angeschaut, eine Kleinigkeit zu Mittag zu essen. Jedoch hatte er keinen Appetit auf mit Salat belegte Brötchen und Brote. So beließ er es beim Kaffee.

Bereits um 13:20 Uhr betrat ein Mann das Café, der sich schon am Eingang suchen umsah. Als er ein paar

Schritte in das Café hineingegangen war, entdeckte er das Katzenbuch auf Kellers Tisch und setze sich zu ihm.

Der Polizist war ein etwa zweiunddreißigjähriger, hochgewachsener und sportlich aussehender Mann mit dunklen Haaren. Für diese Verabredung war er in zivil gekleidet mit einer unauffälligen, beigefarbenen Jacke, die er offen über einen grauen Pullover und schwarzen Hosen trug.

»Ich glaube, wir sind hier verabredet«, sagte Mayer.

»Ja«, erwiderte Keller. »Sofern Sie Gerd Mayer sind.«

»Der bin ich.«

»Darf ich Sie auf einen Kaffee einladen?«

»Gerne.«

Keller gab der Kellnerin ein Zeichen und sie nahm die Kaffeebestellung des Polizisten auf. Er selbst hatte schon eine Tasse Kaffee, die er bereits zur Hälfte ausgetrunken hatte.

»Ich möchte gerne, daß Sie meinen Namen nicht erwähnen, wenn Sie etwas von dem drucken, was ich Ihnen erzähle«, sagte Mayer, nachdem die Kellnerin seinen Kaffee gebracht und den Tisch wieder verlassen hatte. »Kann ich mich darauf verlassen?«

»Selbstverständlich«, erwiderte Keller und kramte seinen Notizblock und einen Kugelschreiber hervor.

»Was wissen Sie denn bereits?«

»Das, was ich auch in meinem Artikel geschrieben hatte. Dem Minister soll am 23. Mai eine strangulierte Katze, die mit roten Schleifchen verziert wurde, vor die Haustür gelegt worden sein.«

Der Polizist grinste leicht.

»Naja, also da ist wohl die Phantasie ein wenig mit ihm durchgegangen. Von einer strangulierten Katze mit roten Schleifchen kann keine Rede sein. Ein Kollege hatte im Garten des Ministers eine verendete Katze gefunden, die möglicherweise überfahren worden war. Die zuständige Abteilung hat dann Kontakt mit dem Herrn Minister aufgenommen, der gerade in Berlin zur Bundespräsidentenwahl war, um nachzufragen, ob es sich um seine Katze handele oder ob er wisse, wem die

Katze gehören könne. Das war offenbar nicht der Fall. Daraufhin haben wir noch ein wenig in der Nachbarschaft herumgefragt. Wir konnten allerdings keinen Besitzer der Katze ermitteln. Daraufhin wurde die Feuerwehr geholt. Zwei Feuerwehrleute packten die Katze in eine Tüte und transportierten sie ab.«

Keller blickte von seinen Notizen auf.

»Tatsächlich? Und wie kommt er dazu mir zu erzählen, daß da eine strangulierte und mit Schleifchen verzierte Katze gelegen haben soll?«

Mayer zuckte kurz mit seinen Schultern.

»Weiß ich nicht. Von uns hat jedenfalls niemand eine solche gesehen, und mir ist auch nicht bekannt, daß eine andere Abteilung eine strangulierte Katze vor der Haustür des Ministers gefunden haben soll. Und das Datum paßt zu der Katze, die wir dort gefunden haben.«

»Haben Sie etwas dagegen, wenn ich das auch gleich gegenüber der Opposition erwähne, mit der ich mich gleich treffe?«

»Nein, aber halten Sie nach Möglichkeit meinen Namen da heraus. Ich möchte nicht so gerne in eine politische Schlammschlacht reingezogen werden. Meinen Job möchte ich nämlich noch ein paar Jährchen ausüben.«

Keller grinste.

»Das kann ich verstehen. Es werden ja noch weitere Polizisten gesehen haben, was Sie berichtet haben.«

»Sicher, von der Sache mit der Katze wissen mindestens zehn Leute, wenn nicht noch mehr.«

Keller ergänzte seine Notizen.

»Ich kann das immer noch nicht verstehen. Die Katze war nicht mal in der Nähe der Haustür?«

»Nein, nicht mal in der Nähe. Sie war im Garten. Und dort auch in einer hinteren Ecke, nicht einmal nahe der Terrassentür. Sie war weder von der Haustür noch von der Terrassentür aus zu sehen.«

»Und ein Gewaltverbrechen an der Katze schließen Sie aus?«

Der Polizist nickte mit ernstem Gesicht.

»Die Katze war einfach tot. Vermutlich wurde sie angefahren. Sie ist in den Garten des Ministers geschlichen, hat sich unter ein Gebüsch gelegt und ist dort gestorben. Mehr ist an der Geschichte aus meiner Sicht nicht dran.«

Keller verbesserte mit leichtem Kopfschütteln an seinen Notizen herum.

»Das ist doch absurd«, murmelte er. »Dem Minister muß doch klar gewesen sein, daß es zahlreiche Zeugen gibt, die seine Erzählungen widerlegen können. Und dabei hatte er mich ausdrücklich gebeten, das zu drucken.«

»Da kann ich Ihnen auch nicht helfen, ich finde das genauso merkwürdig wie Sie.«

»Könnte er das Jahr verwechselt haben?«

»Das weiß ich nicht, weil ich ja nun auch nicht über alles informiert bin, was sich an seinem Haus abgespielt hat. Aber am 23. Mai war es definitiv nicht. Da hat sich das so abgespielt, wie ich es Ihnen eben erzählt habe.«

Keller klappte sein Notizblock zu.

»Naja, so endet eine große Geschichte«, meinte er dann.

»Glauben Sie das wirklich?«, fragte der Polizist mit einem breiten Grinsen. »Jetzt, nachdem die Geschichte in der Welt ist, wird das sicher noch politische Folgen haben. Ich glaube eher, Sie werden noch viel zu schreiben bekommen.«

»Das werden wir sehen«, erwiderte Keller und trank seinen Kaffee aus. Die Unterredung mit Mayer hatte eine völlig andere Wendung genommen, als er erwartet hatte. Zumindest ein Fünkchen Wahrheit hätte doch in den Ausführungen des Ministers liegen können. Aber der erschöpfte sich offensichtlich darin, daß man an dem Tag in der Nähe seines Wohnhauses eine tote Katze gefunden hatte.

»Sagen Sie, könnte sich jemand von der Polizei einen Scherz mit dem Minister erlaubt und ihm von der strangulierten Katze erzählt haben?«

Mayer, der selbst gerade von seinem Kaffee getrunken hatte, stellte die Tasse wieder ab.

»Das halte ich nicht für sehr wahrscheinlich. Wenn das jemand gemacht hätte, dürfte er viel Ärger bekommen, spätestens jetzt, nachdem der Minister der Presse davon erzählt hat und sich die Geschichte als – wie sagen Sie als Journalisten? Ente?«

»Ja, Ente.«

»... als Ente herausgestellt hat.«

»Naja, aber es heißt doch auch, daß Katzen sieben Leben haben.«

Meyer grinste erneut und nahm einen Schluck Kaffee.

»Glauben Sie mir, Herr Keller, diese Katze nicht. Die hatte nur ein Leben. Und sie ist ganz gewiß nicht stranguliert und mit Schleifchen verziert vor das Haus des Ministers zurückgekehrt.«

3.

Keller zeigte an der Pforte zum Landtag seinen Presseausweis vor und wurde hineingelassen. Nachdem er sich in das Buch für die Besucher eingetragen hatte, machte er sich auf den Weg zum Kleinen Saal, den er auch schon in der Vergangenheit mehrfach besucht hatte, um dort Interviews zu führen. Es handelte sich um einen Raum mittlerer Größe, an dessen Ende ein Tisch fast von der einen Wand zur anderen reichte. Hinter diesem Tisch war ein weiterer kleiner, leicht erhöhter Tisch für ein Präsidium. Davor verteilten sich in einem leichten Halbkreis in den ersten beiden Reihen Klappsitze mit einem Tisch davor. Zwei weitere Reihen ohne Tische folgen. Hinter einer Barriere ordneten sich sechs weitere Sitzreihen aufsteigend an, die für ein Publikum bestimmt waren. Zwischen dem Halbkreis der vordersten Reihe und dem langen Tisch standen zwei einander zugewandte Sprechpulte.

Vor dem Saal warteten bereits Frank Saalfeld und Gabriele Kanz auf den Journalisten. Sie betraten den Saal und setzen sich in die vorderste Reihe auf die Plätze mit den kleinen Tischen davor. Keller kramte seinen Notizblock aus seiner inneren Jackentasche.

»Ich habe Frau Kanz zu dem Termin hinzugebeten. Frau Kanz sitzt für die Alternative Partei im Untersuchungsausschuß zu den Verfehlungen des Ministers Bernhardt«, erläuterte Saalfeld und Keller nickte kurz.

»Ja, ich weiß. Mein Redakteur sagte, daß Sie angefragt hätten. Natürlich interessiert mich, was Sie über die Katzengeschichte wissen. Vielleicht können wir uns da ein wenig austauschen.«

»Tja«, erwiderte Saalfeld, »zunächst wissen wir nicht viel mehr als das, was Sie geschrieben haben. Ich habe mich inzwischen mit der Polizei in Verbindung gesetzt. Die wissen aber nichts von einer strangulierten Katze. Da soll einfach nur eine tote Katze im Garten des Ministers gelegen haben. Mehr war nicht zu erfahren.«

»Ich habe mich inzwischen mit einem Polizisten getroffen. Der Name spielt keine Rolle. Er sagte ebenfalls, die Polizei habe nur eine tote Katze im Garten des Hauses des Ministers gefunden. Woran sie gestorben sei, war nicht auf den ersten Blick festzustellen, aber Schleifchen soll sie nicht gehabt haben. Vermutlich wurde sie überfahren.«

Saalfeld und Kanz sahen einander kurz an.

»Das ist ja wirklich bemerkenswert. Und er war sich wirklich sicher?«

»Ja, er war sich sicher. Etwa zehn Kollegen von ihm sollen ebenfalls von der Katze wissen.«

»Naja«, meinte Kanz. »22 Polizisten haben bereits wegen der Einbrüche beim Herrn Minister ausgesagt. Es sollte kein Problem sein, die Polizisten, die mit der Katzensache befaßt waren, vor den Ausschuß zu laden.«

»Haben Sie vor, alle Polizisten vorzuladen?«

»Ja, warum auch nicht? Wenn der Minister solche Geschichten erzählt, wird er sich auch vorhalten lassen müssen, wenn sie nicht stimmen.«

»Das ist etwas, was ich übrigens nicht verstehe«, warf Saalfeld ein. »Sie sagten, der Minister habe Ihnen ausdrücklich gesagt, daß die Katze vor seiner Haustür lag, stranguliert und mit Schleifchen verziert war?«

»Ja. Er zog noch den Vergleich, daß es wie bei der Mafia gewesen sein solle.«

Saalfeld machte sich eine Notiz.

»Gut. Sie können schreiben, daß wir die Geschichte mit

der Katze bei der nächsten Ausschußsitzung ansprechen werden. Zu einer der nächsten Sitzungen werden wir dann auch Polizisten als Zeugen vorladen. Sollte der Minister die Geschichte erfunden haben, werden wir dies für die Öffentlichkeit sichtbar dokumentieren. Er hat schon genug Nebelkerzen gezündet, um von seinen standesrechtlichen Verfehlungen als Anwalt abzulenken.«

»Was hört man denn aus den anderen Fraktionen?«

»Bislang noch gar nichts«, antwortete Saalfeld. »Ich habe aber auch noch keinen Kontakt mit den Regierungsfraktionen gehabt, seit die Geschichte mit der Katze in der Zeitung war. Aber das werden wir spätestens dann hören, wenn wir die Zeugen zur nächsten Sitzung melden.«

»Sagen Sie, Herr Keller, haben Sie inzwischen noch mal mit dem Minister gesprochen?«, warf Kanz ein.

»Nein, bislang nicht. Ich wollte erst ein wenig recherchieren, bevor ich mich noch mal an ihn wende. Vermutlich werde ich mich heute mal um einen Termin oder eine Erklärung des Ministers bemühen.«

»Der Minister wird morgen vor dem Ausschuß erscheinen«, sagte Saalfeld. »Da werden wir ihn mit der Katzengeschichte konfrontieren. Nächste Woche tagt der Ausschuß erneut und wir werden versuchen, dann auch schon Polizisten vorzuladen, die bezeugen können, daß es keine strangulierte Katze gab.«

»Vielleicht hat sich da jemand nur einen Scherz mit dem Minister erlaubt«, warf Kanz ein. Keller schüttelte seinen Kopf.

»Das hatte ich auch gedacht und den Polizisten dann gefragt. Er meinte, daß das sicher niemand tun würde, zumal dessen Kopf rollen würde, nachdem die Geschichte jetzt öffentlich geworden ist.«

»Ja«, murmelte Saalfeld. »Das wäre wahrscheinlich. Ich finde das aber trotzdem schräg, daß der Minister sich eine solche Geschichte ausdenken sollte. Auch als Ablenkungsmanöver finde ich das... ich weiß nicht.«

»Über seine Motive können wir nur spekulieren.«

»Wir werden morgen sehen, was wir vom Minister erfahren. Vielleicht verrät er uns ja, was hinter der Sache steckt. Könnte es sein, daß er Ihnen das nur erzählt hat, um Sie loszuwerden?«

Keller hob seine Schultern.

»Naja, auszuschießen wäre das nicht. Ich hatte ihn nach der Pressekonferenz angesprochen und wir waren in diesem Gang vom Presseraum zum Ausgang. Die ganze Zeit, während er mit mir sprach, gingen wir diesen Gang lang. Als wir an der Tür angekommen waren, drängte er mich zurück und verschwand mit seiner Dienstlimousine.

Auf der anderen Seite forderte er mich auf, die Geschichte zu drucken. Wenn er sie erfunden haben sollte, um mich loszuwerden, hätte er das längst dementiert. Aber mein Redakteur sagte noch, bevor ich ging, daß kein Dementi vom Minister bekannt war.«

Saalfeld sah Kanz kurz an und sie schüttelte den Kopf.

»Nein, uns ist auch kein Dementi bekannt. Und er hatte bereits den halben Tag lang Zeit dafür gehabt.«

Keller machte sich ein paar Notizen und steckte seinen Notizblock wieder in die innere Jackentasche. Viel geholfen hatte ihm der Termin nicht, weil offensichtlich die Opposition noch genauso im Dunkel tappte wie er selbst. Auf der anderen Seite wußte er nun, daß die Opposition die Geschichte im Ausschuß verfolgen würde, und auch das war schon eine Meldung wert.

Saalfeld blätterte in einem dünnen Hefter, den er mitgebracht hatte, und der nicht viel mehr als Kellers Zeitungsartikel enthielt. Es war eine merkwürdige Stille in dem Konferenzsaal eingetreten. Vom Flur hörte man, wie sich Abgeordnete unterhielten, die offenbar auf dem Weg von ihren Büros zum Ausgang waren. Keller sah sich um und betrachtete die hölzernen Tische und Stühle, die ihm auch schon aus früheren Terminen in diesem Raum bekannt waren. In den nächsten Tagen würde hier der Untersuchungsausschuß wieder zusammentreten und seine Arbeit fortsetzen.

Die Drei erhoben sich von ihren Stühlen.

»Jedenfalls, Herr Keller... wenn Sie die Sache weiterverfolgen, können wir in Kontakt bleiben«, sagte Saalfeld.

»Dafür wäre ich Ihnen sehr dankbar. Werden Sie morgen nach dem Ausschuß ein Pressestatement abgeben?«

»Nein, das ist eigentlich noch nicht vorgesehen, aber wenn Sie mir Ihre E-Mailadresse geben, schicke ich Ihnen ein Statement zu der Sitzung.«

Keller gab Saalfeld und Kanz seine Visitenkarte.

»Dafür wäre ich Ihnen sehr dankbar. Ich werde jedenfalls an der Sache dranbleiben.«

»Gut. Wir werden Sie dann direkt kontaktieren, wenn sich etwas Neues ergibt. Heute Abend wird es noch eine Fraktionssitzung geben, auf der wir über die Geschichte mit der Katze sprechen werden. Vielleicht kann ich Ihnen da auch schon im Anschluß etwas zusenden. Ich werde mich bemühen, es noch vor Ihrem Redaktionsschuß zu schaffen, kann es aber nicht garantieren.«

»Ja, vielen Dank.«

Die Drei verabschiedeten sich voneinander. Während Keller das Gebäude verließ, standen Saalfeld und Kanz noch ein wenig zusammen vor dem Sitzungssaal und sprachen über das Treffen mit dem Journalisten.

Wieder in der Redaktion angekommen erfuhr Keller, daß es noch immer kein Dementi von Innenminister Bernhardt gegeben hatte. So setzte sich Keller an seinen Schreibtisch und suchte die Telephonnummer des Innenministeriums heraus. Er ließ sich mit dem Sekretariat des Ministers verbinden und erfuhr, daß der Minister unterwegs war und ein Termin frühestens in drei Tagen möglich sei.

»Hören Sie«, sagte Keller, »es wäre schon wichtig, daß der Herr Minister Stellung zu dieser Angelegenheit nimmt. Denn es haben sich da ja doch einige Widersprüche ergeben, wie Sie meiner Anfrage entnehmen können.«

»Der Minister hat Wichtigeres zu tun, als sich um tote Katzen zu kümmern«, erwiderte die Sekretärin schnippisch.

»Das glaube ich gerne, aber immerhin hat er selbst von

dieser Katze berichtet. Und nun würde mich natürlich interessieren, wie das mit dem zusammenpaßt, was ich bisher recherchiert habe.«

»Wollen Sie unterstellen, daß der Minister lügt?«

»Das, liebe Frau Vanboom, haben Sie gesagt. Ich will nur herausfinden, woher die Widersprüche kommen, die zwischen der Darstellung des Ministers und denen der Leute liegt, mit denen ich bisher gesprochen habe.«

»Mein lieber Herr Keller, Sie sollten doch wissen, daß ich keine Erklärungen für den Herrn Minister abgebe, ohne vorher mit ihm Rücksprache genommen zu haben. Ich habe Ihre Katzengeschichte heute Morgen gelesen und finde sie reichlich abenteuerlich. Daß Sie darauf jetzt auch noch herumreiten und dem Minister die Zeit stehlen wollen, finde ich schon reichlich dreist.«

»Ich habe nur geschrieben, was der Herr Minister gesagt hat.«

»Das sagen Sie immer.«

»Ja, weil ich es auch immer tue. Ich möchte mich gar nicht mit Ihnen herumstreiten, ich möchte nur gerne eine Stellungnahme des Ministers zu den Fragen, die ich Ihnen eben durchgegeben habe.«

»Ich lege den Zettel auf den Schreibtisch des Ministers. Wenn er das für wichtig hält, wird er mit Ihnen Kontakt aufnehmen.«

»Könnten wir nicht lieber einen Termin für ein Telephonat verabreden?«

»Nein, nicht für eine solche Lappalie.«

Keller seufzte.

»Okay, ich kann ja doch nichts daran ändern. Legen Sie es ihm bitte auf den Schreibtisch und gegebenenfalls rufe ich morgen Nachmittag wieder an.«

»Morgen Nachmittag ist der Herr Minister vor dem Untersuchungsausschuß.«

»Eben.«

»Und jetzt entschuldigen Sie mich, ich habe auch noch Anderes zu tun, als mit Ihnen zu diskutieren. Auf Wiederhören.«

Ein Klicken in der Leitung verriet Keller, daß die Sekretärin aufgelegt hatte.

»Wiederhören«, knurrte er in den Hörer und legte ebenfalls auf. Sein Kollege, der am Schreibtisch gegenüber saß, grinste.

»Du solltest Dir einen besseren Draht zum Innenministerium verschaffen.«

»Ach was«, erwiderte Keller. »Für meine Zwecke reicht's.«

Der Kollege grinste noch ein wenig breiter und drehte sich ein wenig mit seinem Bürosessel hin und her.

»Gehst Du morgen zu der Ausschußsitzung? Die ist, soweit ich weiß, öffentlich.«

»Alle Ausschußsitzungen waren bisher öffentlich. Aber ich weiß noch nicht, ob ich hingehe. Ich habe auch noch andere Termine. Was ich wissen muß, werde ich von Saalfeld und Kanz erfahren.«

»Wenn das die Vanboom erfährt...«

»Wenn Du es ihr nicht sagst, erfährt sie nichts davon. Und jetzt entschuldige mich bitte, ich muß noch zu einer Beerdigung.«

»Wer ist denn gestorben?«

»Eine Katze«, erwiderte Keller und verließ das Großraumbüro.

Nach einigem Klinkenputzen hatte Keller herausgefunden, in welchem Tierklinikum der Kadaver der Katze entsorgt worden war. Ein Telephonat mit dem Klinikum hatte allerdings keine neuen Erkenntnisse gebracht. Auch den Tierpflegern waren an der Leiche der Katze, die die Feuerwehr in einem blauen Plastiksack eingeliefert hatte, keine roten Schleifchen aufgefallen. Überhaupt sah die Katze eher danach aus, als sei sie eher überfahren denn stranguliert worden, erklärte einer der Tierärzte am Telephon. Zudem erfuhr Keller, daß die Katze für weitere Untersuchungen nicht mehr zur Verfügung stand, weil sie bereits eingeäschert worden war.

Somit blieb Keller zunächst nichts anders übrig als den nächsten Tag abzuwarten und zu hoffen, daß die Vernehmung des Ministers vor dem Ausschuß neue Erkenntnisse bringen würden.

Inzwischen bereitete Frank Saalfeld den Antrag für die Vernehmung der Polizisten vor, die die tote Katze entdeckt hatten. Über die zuständige Polizeibehörde hatte er inzwischen sechs Namen von Polizisten erfahren, die mit dem Fall befaßt waren, und von denen drei die tote Katze auch selbst gesehen hatten. Darüber hinaus hatte er auch den Namen der Feuerwehrleute, die die tote Katze am Haus des Ministers abgeholt hatten, wie auch den Namen der beiden Veterinäre, die die tote Katze vor ihrer Einäscherung in der Tierklinik gesehen hatte. Auch sie wollte er vor den Ausschluß laden.

Eine Kopie der Liste schickte er an seine Kollegin von der Alternativen Partei, Gabriele Kanz und an seinen Fraktionschef Fiedler. Als er vom Büro Fiedlers zurückkehrte, traf er auf einem Flur den Obmann der Konservativen im Ausschuß, Helmut Gallring.

»Sagen Sie mal, Saalfeld«, sprach Gallring ihn an, »ich höre, Sie wollen die Katzengeschichte vor den Ausschuß bringen?«

»Ja, in der Tat. Haben Sie etwas dagegen?«

»Zeitverschwendung. Sie suchen doch wirklich nur jeden Vorwand, dem Minister am Zeug zu flicken.«

»Glauben Sie ihm die Geschichte?«

»Tun Sie es etwa nicht?«

»Nein, und ich habe auch schon einige Hinweise darauf, daß das so nicht stimmt, wie der Minister es erzählt hat.«

»Doch nicht etwa von diesem Schmierfink? Wie heißt er doch gleich... Keller?«

»Vorbildlich, wie Sie mit der freien Presse in diesem Land umgehen.«

Gallring griff Saalfeld am Arm, worauf dieser sich sofort aus dem Griff löste.

»Vielleicht sollten wir erst mal klären, ob Bernhardt ihm überhaupt diese Geschichte erzählt hat, bevor wir fragen, ob wir sie glauben.«

»Ich dachte, Sie glauben die Geschichte?«

Gallring blickte für einen Moment skeptisch drein.

»Ich weiß nicht recht. Ich mag diesen Keller nicht. Vielleicht will er dem Minister nur ans Bein pinkeln. Da haben schon ganz andere ihr Bein gehoben.«

»Wir werden sehen, was er morgen im Ausschuß dazu zu sagen hat.«

»Sie verschwenden unsere Zeit und das Geld des Steuerzahlers.«

»Sie meinen, die Wähler haben kein Recht darauf, daß die Sache aufgeklärt wird?«

Gallring winkte ab.

»Es gibt nichts aufzuklären. Machen Sie nicht aus dieser Fliege einen Elefanten. Fragen Sie lieber erst mal Ihren Sympathisanten Keller, ob er alles richtig verstanden hat, was Minister Bernhardt gesagt hat.«

»Daran zweifle ich nicht. Gehe ich recht in der Annahme, daß Ihre Strategie sein wird, die Geschichte auch so herunterzuspielen wie auch den Mandantenverrat Ihres Herrn Ministers?«

Gallrings Gesicht verzog sich kurz, doch dann setzte er wieder seine vorgespielte Freundlichkeit auf.

»Noch so eine Lappalie, auf der Sie mangels politischer Inhalte herumreiten müssen. Man merkt, daß Sie noch nicht in der Opposition angekommen sind. Da müssen Sie noch fleißig üben.«

»Das ist keine Lappalie. Schauen Sie mal ins Strafgesetzbuch und lesen Sie den Paragraphen 356. Dafür gibt es drei Monate bis zu fünf Jahren Haft. Jemand, der so was tut, gehört nicht in ein Ministerium.«

»Warum nicht? Er macht doch gute Arbeit.«

»Da kann man auch anderer Meinung sein. Wenn Sie mich jetzt bitte entschuldigen, ich habe noch einen Termin.«

»Bitte sehr.«

Saalfeld ging eilig den Flur entlang zu seinem Büro und schloß die Tür. Er ließ sich in seinen Bürosessel fallen und atmete tief durch. Zwischen Gallring und ihm herrschte eine herzliche, gegenseitige Abneigung. Der konservative Obmann im Untersuchungsausschuß, der vorzugsweise in braunen Anzügen herumlief, galt als enger Vertrauter des Ministerpräsidenten Robert Kellner. Ganz besonders regte ihn auf, daß Gallring ihn ständig anfaßte. Nicht nur ihn, sondern überhaupt die Leute, mit denen er redete und bei denen er meinte, sich betont väterlich geben zu müssen.

Dann kreisten seine Gedanken wieder um die Geschichte mit der Katze. Es würde spannend sein zu erfahren, was der Minister am nächsten Tag zu dieser Angelegenheit erklären würde.

4.

Am nächsten Morgen stellte Keller fest, daß die Geschichte mit der Katze auch von anderen Zeitungen aufgegriffen worden war. Bei einer solch breiten Öffentlichkeit, die das Schicksal der toten Katze genoß, würde es dem Minister schwerfallen, sich auf einen Scherz oder einen Irrtum herauszureden. Sollte es allerdings das Ziel des Ministers gewesen sein, die Aufmerksamkeit von seinem bevorstehenden Auftritt vor dem Ausschuß abzulenken, hatte er durchaus einen beachtlichen Erfolg: Die meisten Artikel erwähnten seinen Auftritt an diesem Tag nur in einem Nebensatz und konzentrierten sich ansonsten auf den Fund der toten Katze. Sein Artikel war praktisch der einzige in dem Pressespiegel, den Keller durchschaute, der den Auftritt des Ministers am heutigen frühen Nachmittag in den Mittelpunkt stellte.

In der Redaktion gratulierten ihm ein paar Kollegen dazu, daß seine Geschichte von so vielen anderen Zeitungen aufgegriffen wurde, und auch der Redakteur zeigte sich mit dieser Entwicklung zufrieden.

»Übrigens, es gibt immer noch kein Dementi«, merkte Petersen beiläufig an.

»Klingt für mich danach, daß er davon nicht abrücken wird. Ich bin gespannt, was heute im Ausschuß herauskommt. Herr Saalfeld und Frau Kanz haben mir gesagt, daß sie Bernhardt dazu befragen wollen.«

»Werden Sie dort sein?«

»Ich hoffe es, ich habe noch einen anderen Termin.«

Petersen machte eine Notiz.

»Geben Sie den anderen Termin einem Kollegen Ihrer

Wahl. Die Geschichte mit dem Minister und seiner toten Katze ist wichtiger.«

»Gut, wie Sie meinen, dann werde ich dorthin gehen. Ist mir auch lieber, alles aus erster Hand zu erfahren und mir nicht hinterher von Saalfeld über die Ausschußsitzung berichten lassen zu müssen. Die Sekretärin von Bernhardt glaubt ohnehin schon, daß ich zusammen mit der Opposition an einer Kampagne gegen den Minister stricke. Ich habe dort angerufen, um ein Statement zu der bisherigen Katzengeschichte zu bekommen.«

»Und was hat sie gesagt?«

»Er habe Wichtigeres zu tun, als sich um tote Katzen zu kümmern. Dabei war die tote Katze seine Idee. Wenn ich ihn nicht erreiche, werde ich im Ausschuß was dazu hören. Saalfeld und Kanz wollen ihn heute zur Katze befragen. «

»Gut, das ist vielleicht noch besser, als wenn Sie ihn befragen. Immerhin kann er sich da im Ausschuß nicht ausflüchten.«

Keller grinste.

»Und wie er das kann. Sie hätten ihn mal auf der Pressekonferenz erleben sollen bei den Nachfragen der Journalisten. Im Ausschuß wird er das nicht anders versuchen.«

»Ja, gut, das habe ich ja in Ihrem Artikel gelesen. Ich vermute mal, daß er sich nach der Ausschußsitzung der Presse stellen wird. Falls nicht, versuchen Sie, ein Statement von ihm zu bekommen.«

»Ja, in Ordnung. Ich werde mein Bestes geben.«

Petersen zeigte ein leichtes Lächeln.

»Ich weiß, daß Sie das immer tun. Und ich bin schon gespannt, was Sie über den heutigen Tag berichten werden.«

Keller kehrte zu seinem Platz zurück und bat einen Kollegen, seinen Termin zu übernehmen, so daß er zu der Ausschußsitzung gehen konnte. Er packte seine Sachen zusammen, die er mitnehmen wollte, und machte sich auf den Weg zum Landtag. Bis zum Beginn der Ausschußsitzung hatte noch eineinhalb Stunden Zeit, aber er war gerne früh dort. Denn nicht selten bestand bei solchen Anlässen die Möglichkeit, mit dem einen oder anderen Abgeordneten ein Gespräch am Rande zu führen.

Vor Landtag liefen bereits zahlreiche Berufskollegen Kellers herum. Keller fragte sich, ob sie von der Geschichte um die tote Katze zur Ausschußsitzung gelockt wurden. In der Nähe des Eingangs sah Keller einige seiner Kollegen mit Politikern der verschiedenen Parteien sprechen, auch solchen, die nicht zum Ausschuß gehörten. Keller schlängelte sich an einigen der Grüppchen vorbei, die, wie er im Vorbeigehen hörte, auch über die Katze sprachen, und trug sich in die Besucherliste in der Lobby des Landtags ein. Auf dem Weg zum Sitzungssaal traf er Frank Saalfeld.

»Herr Keller«, rief Saalfeld erfreut aus, »schön, daß Sie auch hier sind!«

»Ja. Ich hatte noch die Gelegenheit, meinen anderen Termin an einen Kollegen abzutreten.«

»Gut, aber Sie sollten sich beeilen, der Saal füllt sich jetzt schon langsam.«

»Ich werde mir sofort einen Platz suchen. Sie geben eine Presseerklärung ab nach der Sitzung?«

Saalfeld nickte.

»Darauf können Sie sich verlassen. Ich würde auch gerne noch mal direkt mit Ihnen sprechen, wenn Sie hinterher noch etwas Zeit haben.«

»Gewiß, daran bin ich auch sehr interessiert.«

»Gut, Sie werden nicht vergebens hier sein.«

Aus einem dem Flur angrenzenden Büro trat der Obmann der Konservativen, Gallring, und ging sofort auf Saalfeld und Keller zu.

»Aha, Herr Saalfeld bestückt Herrn Keller bereits mit Munition für die nächste Schmutzkampagne, wie ich sehe?«

»Unsinn«, erwiderte Saalfeld. »Haben Sie etwa ein Problem mit Transparenz und Öffentlichkeit?«

»Nein, Herr Saalfeld. Das habe ich nicht.«

»Und warum dann dieser naßforsche Angriff auf Herrn

Keller und die Pressefreiheit?«

»Weil dieser schlicht und ergreifend abstruse Geschichten in die Welt setzt, die niemand hören will.«

»Die abstrusen Geschichten hat sich doch wohl eher Ihr Minister ausgedacht.«

Gallring wandte sich Keller zu:

»Sagen Sie doch auch mal was, Herr Keller. Sie haben doch die ganze Geschichte ins Rollen gebracht.«

Keller hob seine Schultern.

»Ich habe nur geschrieben, was mir der Herr Bernhardt gesagt hatte. Wenn Sie den Urheber der Geschichte suchen, müssen Sie sich schon an den Herrn Minister wenden.«

»Sie sollten aber auch wissen, welche Folgen es hat, solche Geschichten aufzubauschen.«

»Folgen? Wer bauscht denn welche Geschichte auf?«

»Na, Sie zum Beispiel«, erwiderte Gallring gelassen und schlenderte in Richtung des Sitzungssaals davon. Saalfeld winkte ab.

»Der will sich nur ein bißchen aufspielen«

»Werden denn schon Zeugen auftreten?«, wollte Keller wissen.

»Nein. Wir haben es für diese Sitzung nicht hinbekommen, auf die Schnelle ein paar Zeugen zu laden. Wir müssen das beantragen, und für diese Sitzung war Zeit einfach zu kurz. Dafür werden wir in der nächsten Sitzung umso mehr Zeugen hören.«

»Wissen Sie, ob der Minister schon da ist?«

»Erfahrungsgemäß kommt er kurz vor der Sitzung. Er wird versuchen, die Medien vor der Sitzung zu meiden und nach der Sitzung möglicherweise eine Erklärung abgeben. Vielleicht verschwindet er auch einfach nur durch den Hinterausgang. Ich habe nämlich gehört, daß er morgen eine Pressekonferenz geben will. Das läßt mich vermuten, daß er heute nichts sagen will.«

»Ich werde mal noch vor der Sitzung versuchen über meine Redaktion herauszubekommen, ob für morgen eine Pressekonferenz des Ministers angekündigt ist.«

»Gut. Wie gesagt, ich werde Sie nach der Sitzung informieren, wie die Sache gelaufen ist. Außerdem versuchen wir die Namen der Polizisten und Personenschützer zu bekommen, die an dem Tag, als die Katze gefunden worden ist, in der Nähe des Hauses waren. Wegen der Einbrüche, die es gegeben hatte, wurden sein Haus und sein Büro zu der Zeit stärker bewacht.«

Gabriele Kanz kam den Flur entlang und blieb bei Saalfeld und Keller stehen.

»Haben Sie schon Neuigkeiten entdeckt?«, fragte sie.

»Nein, leider bislang nicht«, erwiderte Keller. »Die Sekretärin des Ministers hat mich abzuwimmeln versucht, und so konnte ich den Minister kein weiteres Mal sprechen. Ich hoffe darauf, daß ich ihn heute irgendwie abpassen kann.«

Kanz blickte kurz auf ihre Armbanduhr.

»Es ist Zeit. In etwas mehr als einer halben Stunde geht es los. Wir sollten uns noch mit den Kollegen besprechen.«

»Ja, gut. Herr Keller, wir sehen uns nach der Sitzung.«

Keller nickte kurz und Saalfeld machte sich mit seiner Kollegin auf den Weg in den Sitzungssaal. Mit einigem Abstand schlenderte Keller hinter den beiden her und versuchte, ein paar Gesprächsfetzen aufzufangen, was ihm nur mäßig glückte, weil es auf dem Flur ziemlich laut war.

Im Sitzungssaal liefen schon einige Journalisten herum, die dort Gespräche mit Abgeordneten suchten, während nach und nach die Mitglieder des Ausschusses dort eintrafen. Der Ausschußvorsitzende zog, begleitet von zwei Schriftführern, in den Saal ein. Unter seinem rechten Arm trug er einen roten Hefter. Langsam und umständlich nahm er seinen Platz ein und besprach sich mit seinen Schriftführern. Es waren nur noch zwanzig Minuten bis zum Sitzungsbeginn. Einige Journalisten machten Photos, andere wiederum versuchten, mit den Mitgliedern des Ausschusses zu sprechen. Keller ließ sich auf einen der Zuschauerplätze nieder, von wo aus er einen recht günstigen Überblick über den Saal hatte. An Gesprächen war er im Moment nicht interessiert, denn er hatte ja die Zusage von Saalfeld zu einem Gespräch nach der Sitzung.

Keller nahm sein Handy aus der Innentasche seiner grauen Jacke und rief in seiner Redaktion an, um nachzufragen, ob für den folgenden Tag eine Pressekonferenz des Ministers angekündigt worden war. Bislang war eine solche jedoch in der Redaktion nicht bekannt, aber sein Kollege sagte ihm zu, noch mal nachzuhaken.

Einige weitere Journalisten suchten sich günstige Plätze. Karl Bemeyer, ein Kollege von einer anderen Zeitung, den Keller schon länger kannte, nahm neben ihm Platz.

»Hi Richard, wie läuft das Katzengeschäft?«

Keller grinste.

»Kann nicht klagen. Weswegen bist du hier?«

»Naja, ich bin doch der Sonderkorrespondent meiner Zeitung für den Minister Bernhardt. Hast du das noch nicht gewußt?«

»So direkt nicht.«

»Kann ja auch nicht jeder wissen. Leider fürchte ich, daß es heute wohl nicht viel Neues geben wird.«

Keller nickte zustimmend.

»Da könntest du recht haben.«

»Das habe ich. Leider. Darf ich dich mal ein wenig wegen der Katzengeschichte aushorchen?«

Keller grinste.

»Du kannst es versuchen.«

»Hat er dir das wirklich so erzählt, wie du es geschrieben hast?«

»Ja, das hat er. Und er meinte auch noch, ich soll es drucken.«

»Merkwürdig. Ich finde die Geschichte irgendwie absurd. Er war doch in Berlin zur Bundespräsidentenwahl. Wie kann er an dem Tag eine Katze vor seiner Wohnungstür gefunden haben?«

»Das kann ich dir leider auch nicht erklären, denn seitdem er mir das erzählt hatte, habe ich nicht ihm sprechen können. Und als er mir von der Katze erzählte, war mir auch gerade nicht aufgefallen, daß er an dem Tag in Berlin war.«

»Das kann passieren, ich habe auch nicht alle Daten im Kopf. Aber komisch finde ich das trotzdem.«

»Die Opposition wird ihn heute fragen.«

»Ich bin gespannt. Viel ist ja bei diesem Ausschuß noch nicht herausgekommen.«

Es entstand Unruhe auf dem Flur vor dem Sitzungssaal. Kurz darauf betrat Minister Bernhardt den Raum, umgeben von zwei Personenschützern, die die Journalisten abdrängten, die Bernhardt Fragen stellen wollten.

»Der Minister wird nach der Sitzung Fragen beantworten«, sagte einer der Personenschützer laut.

»Könnte eine Lüge sein«, flüsterte Keller seinem Kollegen zu. Der nickte zustimmend.

»Das ist eine Lüge, ich kenne den Terminkalender des Ministers. Für heute hat er keine Pressekonferenz vorgesehen.«

5.

Der Vorsitzende des Ausschusses eröffnete die Sitzung. Die Ausschußmitglieder hatten Platz genommen, ebenso Minister Bernhardt. Nachdem der Vorsitzende die Anwesenheit der Mitglieder und der zu hörenden Zeugen festgestellt hatte, eröffnete die Befragung:

»Für die erste Frage hat der Abgeordnete Saalfeld das Wort.«

Das eine der beiden Pulte, die üblicherweise vor dem Präsidiumstisch stand, war beiseite geräumt worden. An seiner Stelle stand ein Stuhl mit einem diesen umgebenen niedrigen Tisch, auf dem ein Mikrophon stand. Hinter diesen Tisch hatte Minister Bernhardt Platz genommen.

Saalfeld erhob sich von seinem Platz, um seine Frage zu stellen. Sein Platz war, wie auch die der anderen Ausschußmitglieder, mit einem Mikrophon ausgestattet. Saalfeld dreht es in seine Richtung und schaltete es ein.

»Herr Minister«, hob er an, »jüngsten Pressemeldungen zufolge haben Sie behauptet, daß man Ihnen eine tote Katze vor die Haustür gelegt habe, die stranguliert wurde und mit Schleifchen verziert war. Würden Sie diese Aussage auch vor diesem Ausschuß wiederholen?«

»Ja«, erwiderte Minister Bernhardt. »Vor meinem Haus lag eine strangulierte Katze, die mit Schleifchen verziert war. Es war sehr eindrucksvoll. Wie bei der Mafia. Ich meine, so was kenne ich eigentlich nur aus Mafia-Filmen. Es war eine schwarze Katze, die ein rotes Schleifchen um den Hals trug.«

»Für das Protokoll«, setzte Saalfeld nach. »Die Katze lag vor Ihrer Haustür?«

»Die Katze lag vor meiner Haustür. Ich habe so etwas Erschreckendes selten gesehen.«

Der Ausschußvorsitzende schaltete sich wieder ein.

»Nachfrage, Herr Saalfeld?«

»Ja, Herr Vorsitzender. Herr Minister, sind Sie sicher, daß die Katze nicht etwa in Ihrem Garten lag? Vielleicht nahe der Terrassentür?«

»Sie lag vor der Haustür«, bekräftigte Bernhardt. »Sie können mir glauben, daß ich weiß, ob die Katze im Garten oder vor der Haustür lag.«

»Nachfrage Frau Abgeordnete Kanz«, sagte der Ausschußvorsitzende.

»Herr Minister«, fragte Gabriele Kanz, »können Sie bitte die Lage der Katze noch ein wenig genauer beschreiben?«

»Es war entsetzlich, so etwas wünsche ich niemandem von Ihnen! Ich vermute, daß da auch ein Zusammenhang zu den Einbrüchen bei mir besteht.«

»Haben Sie den Zusammenhang zu den Einbrüchen auch gegenüber dem Journalisten geäußert?«, fragte Saalfeld, noch immer am Pult stehend.

»Nein, nicht vor dem Journalisten. Aber ich glaube durchaus, daß da ein Zusammenhang bestehen könnte. Immerhin wurde ich ja offenbar auch beschattet, vermutlich von der organisierten Kriminalität. Ich vermute, daß es sich um Täter handelt, denen meine harte Linie in der inneren Sicherheit nicht gefällt.«

»Jetzt gibt er den Märtyrer«, flüsterte Keller seinen Kollegen zu, der leicht nickte.

»Nachfrage Frau Kanz.«

35

»Herr Minister, haben Sie auch erwogen, daß es sich um einen Streich handeln könnte?«

»Ein sehr brutaler Streich, Frau Abgeordnete, für so etwas eine Katze zu strangulieren.«

»Haben Sie die Polizei informiert?«

»Die Polizei war vor Ort. Ich brauchte sie nicht zu informieren.«

»Frage Dr. Hobert.«

Hobert erhob sich von seinem Platz und drehte das Mikrophon mit einer theatralischen Bewegung in seine Richtung. Bevor es einschaltete, nahm er noch zwei lose Zettel in seine Hand, als wollte er einen Vortrag halten.

»Herr Minister«, fragte Hobert mit betonter Sachlichkeit, »fühlen Sie sich durch die Drohung, die offenbar mit der Katze verbunden ist, in ihren politischen Zielen verunsichert?«

»Nein, ich werde keinen Millimeter von dieser Linie abweichen.«

»Ich danke Ihnen, Herr Minister.«

Der Ausschußvorsitzende sah zu Saalfeld herüber.

»Nächste Frage Herr Abgeordneter Saalfeld.«

»Herr Minister, wie würden Sie es erklären, wenn es Berichte gäbe, daß die Polizei Ihre Geschichte nicht bestätigt?«

Minister Bernhardt nahm das Glas Wasser, das vor ihm stand, und trank verhältnismäßig langsam ein paar Schlucke.

»Herr Saalfeld, ich kann mir nicht vorstellen, daß die Polizei das nicht bestätigt. Mir ist nicht klar, was Sie mit solchen Fragen eigentlich bezwecken. Ich kann Ihnen sagen, daß das ein fürchterlicher Anblick war! Ehrlich, das wünsche ich niemandem, auch meinem ärgsten Feind nicht!«

Saalfeld zögerte und der Ausschußvorsitzende wandte sich an ihn:

»Noch eine Frage zum Komplex der Katze?«

»Nein, für heute nicht mehr.«

»Gut«, erwiderte der Vorsitzende. »Dann kommen wir jetzt zum nächsten Themenkomplex, der für heute angemeldet war, nämlich die Fragen zu der Verhandlung in der Sache des Parteienverrats. Die Vertreter der Liberalen Partei haben hierzu einen Antrag auf Vertagung eingebracht, weil neue Entwicklungen angekündigt sind. Wer stimmt diesem Antrag zu? Wer lehnt ihn ab? Enthaltungen? Mit den Stimmen von Konservativen und Liberaler Partei ist der Antrag angenommen.«

Saalfeld erhob sich und schaltete das Mikrophon ein. Der Vorsitzende nickte ihm kurz zu.

»Herr Vorsitzender, ich mache Sie darauf aufmerksam, daß es in dieser Sache ein Minderheitenrecht gibt, die Angelegenheit heute zu behandeln. Sie können uns hier im Ausschuß mit Ihrer Mehrheit nicht einfach alles niederstimmen. Zudem wird die Sache durch Aufschub doch nicht besser. Den Fragen wird sich Minister Bernhardt so oder so stellen müssen.«

»In dieser speziellen Verfahrensfrage reicht eine einfache Ausschußmehrheit, und die ist zustande gekommen. Die Liberale Partei hat den Antrag hinreichend begründet und hier sind ja nun auch tatsächlich weitere Dokumente zu erwarten.«

»Trotzdem können die Fragen schon jetzt behandelt werden.«

Der Ausschußvorsitzende blickte kurz zum Minister und dieser schüttelte leicht den Kopf, was Saalfeld nicht entgangen war.

»Ich mache den Herrn Minister darauf aufmerksam, daß er dem Parlament Rechenschaft ablegen muß und nicht umgekehrt. Sie mißachten die Rechte des Parlaments! Es ist ein Skandal, wenn Sie hier solche Absprachen mit dem Herrn Vorsitzenden praktizieren!«

»Blasen Sie sich nicht so auf«, meinte Hobert.

»Sie haben es nötig, Herr Hobert, Sie laufen ja nur Ihrer Mehrheit hinterher!«

»Für Sie immer noch Herr Dr. Hobert!«

Saalfeld seufzte.

»Wir werden die Sache vor das Verwaltungsgericht bringen, wenn Sie dort noch eine Niederlage wünschen...«

Gallring stand auf und ging zunächst zu Hobert, dann zum Vorsitzenden, zu dem auch Bernhardt trat. Saalfeld ging daraufhin ebenfalls zum Tisch des Vorsitzenden, gefolgt von Kanz.

»Was wollen Sie denn jetzt schon wieder auskungeln?« Der Ausschußvorsitzende sah Saalfeld mißmutig an.

»Ich verstehe Sie nicht, Herr Saalfeld. Ihre Fragen an den Herrn Minister werden doch nicht schlechter, wenn Sie vorher noch die Dokumente abwarten, die da noch kommen.«

»Das sind Verfahrenstricks, die ich nicht mitmachen werde«, erklärte Saalfeld. »Ständig haben Sie irgendwelche Gründe, die Sache in die Länge zu ziehen. Was wollen Sie eigentlich? Spekulieren Sie darauf, diesen Ausschuß so lange hinzuziehen, bis das Ende der Wahlperiode erreicht ist und er ohne Abschlußbericht aufgelöst wird?«

»Daran hat niemand Interesse«, erwiderte Minister Bernhardt.

»Das freut mich zu hören. Dann lassen Sie uns den Komplex um den Prozeß heute behandeln.«

Nachdem der Ausschußvorsitzende kurze Blicke mit Hobert und Gallring ausgetauscht hatte, stimmte er schließlich zu. Die Abgeordneten kehrten an ihre Plätze zurück und der Vorsitzende nahm die Sitzung wieder auf.

Es wurde eine quälende Veranstaltung, bei der der Minister mit voranschreitender Zeit immer öfter auf die Uhr guckte und schließlich erklärte, daß er einen wichtigen Termin habe, zu dem er ohnehin schon zu spät komme. Nach kurzem Hin- und Her entschloß sich Minister Bernhardt doch zu bleiben, bis die Fragen an ihn abgearbeitet waren. Saalfeld und Kanz kannten diese Vorgehensweisen bereits aus der Vergangenheit, weshalb Kanz auch schon einmal in einer den Alternativen nahestehenden Berliner Zeitung den Verdacht geäußert hatte, daß der Minister an Aufklärung gar nicht interessiert sei.

Saalfeld war hellhörig geworden, als von neuen Entwicklungen die Rede war, allerdings hielt der Minister sich hier bedeckt und verwies auf »ungelegte Eier«, über die er noch nicht reden wolle. Während Saalfeld und Kanz sich bemühten, den Minister doch schon zu einer Stellungnahme zu bewegen, startete Gallring einen Themenwechsel nach dem anderen, um von den Andeutungen, die es im Liberalen-Antrag gegeben hatte, wegzuführen.

Schließlich waren die Fragen beantwortet bis auf jene nach den bevorstehenden Neuigkeiten und der nächste Zeuge wurde aufgerufen. Der Minister verließ eilig den Raum durch einen Hintereingang, wo seine Sicherheitsbeamten auf ihn warteten. Keller sprang auf, verfolgt von den mißmutigen Blicken des Vorsitzenden und lief hinter dem Minister her durch die Seitentür.

Auf dem Flur sah sich der Minister kurz um und erkannte Keller sofort.

»Nein, nicht Sie bitte!«

Einer seiner Sicherheitsleute griff Keller unsanft am Arm und wollte ihn in Richtung des Sitzungssaals zurückdrängen.

»Herr Minister, eine Frage zu der Katze«, rief Keller.

»Jetzt nicht, Herr Keller, ich bin ohnehin schon spät dran. Machen Sie einen Termin mit Frau Vanboom aus.«

»Sie sagte, sie hätte einen Zettel auf Ihren Tisch gelegt wegen eines Termins.«

»Ja, gut«, sagte der Minister, während er weiterhin seinen Weg über den Flur zur Hintertür fortsetze. »Dann liegt er dort sicher noch. Ich werde Sie anrufen.«

»Bitte, Herr Minister, nur zwei kurze Fragen.«

Bernhardt blieb kurz stehen.

»Also gut, zwei Fragen, aber nicht mehr.«

Der Sicherheitsbeamte ließ Keller los und dieser holte seinen Notizblock aus seiner Jackentasche.

»Zur Katze«, sagte Keller. »Ich habe inzwischen mit einem Polizisten gesprochen, und der wollte nur eine wahrscheinlich überfahrene Katze im Garten Ihres Hauses gesehen haben. Wie erklären Sie sich das?«

Der Minister blickte den Flur entlang als wollte er prüfen, wie weit es noch zum Wagen sei, um doch noch die Flucht zu ergreifen. Dann wandte er sich wieder Keller zu.

»Das erkläre ich mir allenfalls so, daß der Polizist sich falsch erinnert. Ich bleibe bei dem, was ich gesagt habe. Sie haben auch eben im Ausschuß gehört, daß ich der Überzeugung bin, daß die Polizisten meine Version bestätigen werden.«

»Und wenn die Polizei nun mit einer anderen Version aufwartet?«

»Das wird sie nicht. Damit habe ich ja wohl Ihre zwei Fragen beantwortet. Ich wünsche Ihnen noch einen schönen Nachmittag.«

Der Sicherheitsbeamte sorgte dafür, daß Keller dem Minister nicht folgen konnte, als dieser über durch die Hintertür das Landtagsgebäude verließ. Auf der Nebenstraße hinter dem Landtag konnte Keller durch die Glastür den Wagen des Ministers erkennen, in den dieser eilig einstieg und der auch sofort losfuhr.

Keller griff nach seinem Handy und rief noch einmal in der Redaktion an. Dort war noch immer nichts von einem Termin für eine Presseerklärung des Ministers am nächsten Tag bekannt. Insofern ging er davon aus, daß der Minister diese Information zur Ablenkung gestreut hatte.

Leise kehrte Keller in den Sitzungssaal zurück und setzte sich wieder auf seinen Platz. Bemeyer beugte sich zu ihm herüber.

»Hat er noch was gesagt?«

»Nein, nichts Wesentliches«, flüsterte Keller zurück. »Nichts, was er hier nicht auch schon gesagt hätte.«

Die Sitzung nahm weiter ihren Lauf, jedoch hörte Keller nur mit halbem Ohr hin. Die Vorgänge um den Parteienverrat interessierten ihn eher am Rande, zumal ein Kollege aus der Redaktion sich mit diesem Thema eingehender befaßte und dafür eigentlich zuständig war. Er wartete nun vor allem auf das Ende Sitzung, um mit dem Abgeordneten Saalfeld noch einmal über die Affäre mit der Katze zu sprechen.

6.

»Gehen wir in mein Büro«, sagte Saalfeld, nachdem die Sitzung beendet war und noch einige Journalisten auf der Jagd nach Hintergrundstories im Sitzungssaal herumliefen. Keller folgte ihm. Noch immer befanden sich einige Journalisten im Haus, die sich in Gesprächen mit Abgeordneten befanden. Keller und Saalfeld gingen den Gang entlang und blieben dabei unbehelligt.

Im Büro angekommen setzten sich die beiden an Saalfelds Schreibtisch und Keller nahm seinen Notizblock heraus.

»Das war eine ziemlich ätzende Sitzung«, stellte Saalfeld fest. »Sie haben ja gesehen, wie der Minister vor sich hingemauert hat und die Fraktionen der Konservativen und Liberalen ihn dabei unterstützt haben. Und ständig hat er betont, daß er noch Termine habe und eigentlich schnell weg müsse. Gleichzeitig haben er und seine Freunde alles getan, die Sitzung in die Länge zu ziehen. Zermürbungstaktik.«

»Ich habe den Minister nach der Sitzung noch kurz gesprochen«, erwiderte Keller, während er sich Notizen machte. »Er blieb mir gegenüber bei der Katzengeschichte.«

»Sie haben ja mitbekommen, daß wir, also Frau Kanz und ich, ihn zunächst zurückhaltend über die Katzengeschichte befragt haben. Die Darstellung des Polizisten, den Sie befragt haben, haben wir nicht erwähnt, zumal sie ja auch noch nicht in der Zeitung war. Wieso eigentlich nicht?«

»Naja, ich wollte vorher eigentlich gerne noch den Minister sprechen und seine Stellungnahme dazu anhören. Er hat mir sie eben auch kurz gegeben, schien aber nicht bereit zu sein, sich noch mal vertieft zu der Sache befragen zu lassen. Eigentlich habe ich da ein etwas ungutes Gefühl, aber letztlich habe ich jetzt alles versucht, um an ihn heranzukommen, also werde ich die Sache heute schreiben.«

»Ich hatte noch ein Motiv, die Darstellung des Polizisten

nicht zu erwähnen: Wenn der Minister seine Geschichte im Ausschuß bekräftigt und zu Protokoll gibt, wird er es später schwerer haben, seine Aussagen vor dem Ausschuß zu korrigieren, wenn die Beweiserhebung einen anderen Ablauf der Ereignisse dokumentiert. Zur nächsten Sitzung in eineinhalb Wochen werden wir die Liste der Polizisten haben, die als Zeugen aussagen können, und die werden dann auch vorgeladen werden. Um jeden Zweifel auszuräumen, werde ich auch den Abdecker kommen lassen, der die Katze entsorgt hat. Mir wäre allerdings lieb, wenn Sie das noch nicht schreiben würden.«

»Naja, also es ist ja eigentlich nicht meine Aufgabe als Journalist, die Strategie der Opposition zu unterstützen. Wenn es um ein paar Tage ginge... aber eineinhalb Wochen...«

Saalfeld stieß keinen kurzen Seufzer aus.

»Ich verstehe Ihre Bedenken dagegen. Im Grunde haben wir ja heute ja schon zu Protokoll gehört, daß er an seiner Katzengeschichte festhält. Wenn Sie also der Meinung sind... Sie haben ja recht, ich kann Sie ja ohnehin nicht meinen taktischen Erwägungen unterwerfen.«

Keller lächelte erleichtert. Eigentlich hätte er Saalfeld schon gerne den Gefallen getan als Gegenleistung für die Offenheit, mit der dieser ihm gegenübertrat. Auf der anderen Seite fürchtete Keller, daß auch Kollegen von ihm an diese Informationen kommen könnten, und dann erschiene seine Geschichte als nachgeschrieben, obwohl er die Fakten zuerst hatte.

»Welchen Eindruck haben Sie denn von der Katzengeschichte?«, fragte er schließlich, um die Unterhaltung wieder in Gang zu bringen.

Saalfeld hob für einen kurzen Moment seine Schultern.

»Ich muß gestehen, daß ich mir da noch nicht sicher bin. Der Minister hat vor dem Ausschuß seine Darstellung bekräftigt, und das ohne Abstriche. Er klang durchaus überzeugend. Auf der anderen Seite haben Sie ja bereits mit diesem Polizisten gesprochen, der von einer strangulierten Katze nichts gesehen haben will. Mir ist die Motivation des Ministers nicht klar. Wieso erzählt er eine solche Geschichte, wenn sie nicht wahr ist? Um abzulenken? Eigentlich macht er damit doch alles noch schlimmer.«

»Ich weiß es auch nicht. Er mußte damit rechnen, daß ich das veröffentliche, wenn er mir das erzählt und mich dazu noch auffordert, es zu drucken. Letztlich waren wir unter uns, er hätte also noch zurückrudern und dementieren können, mir das gesagt zu haben. Das wäre unerfreulich für mich gewesen, weil ich das Gegenteil nicht hätte beweisen können, aber nein: Er dementiert nicht, sondern wiederholt die Geschichte vor dem Ausschuß. Ich habe keine Ahnung, warum er das tut.«

Saalfeld nickte versunken und blätterte in seinen Unterlagen.

»Wie dem auch sei. Der heutige Tag hat dem Ausschuß keine neuen Erkenntnisse gebracht. Wir haben über Altbekanntes gesprochen und der Minister hat alles drangesetzt, keine neuen Anhaltspunkte zu geben. Zum Mandantenverrat will er sich nicht vertieft äußern. Er habe im besten Glauben gehandelt und nicht die Absicht gehabt, die Ehepartner gegeneinander auszuspielen. Das habe sich alles so ergeben. Die Staatsanwaltschaft ermittelt vor sich hin und bald werde er interessante Neuigkeiten zu verkünden haben. Was mag er uns wohl mitteilen wollen?«

»Daß er noch eine Mafia-Katze vor der Haustür gefunden hat?«

Saalfeld zeigte ein leichtes Lächeln.

»Mich regt einfach auch auf, daß sich die Öffentlichkeit so wenig für die Geschichte interessiert. Mit Diskussionen darüber, wer wann welche Pflastersteine geworfen hat, können Sie die Öffentlichkeit in Wallungen bringen, aber eine standesrechtliche Verfehlung wird offenbar auch dann nicht wahrgenommen, wenn sie der Verfassungsminister selbst begangen hat. Hinter jedem kleinen Ladendieb herlaufen aber seine eigenen Fehler vertuschen!«

»Darf ich das so schreiben?«

»Aber sicher.«

Keller fuhr in seinen Notizen fort, während sich Saalfeld aus seinem Sessel erhob.

»Darf ich Ihnen einen Kaffee anbieten?«

Keller blickte auf.

»Aber gerne.«

Saalfeld verließ das Büro mit der Kaffeekanne der Kaffeemaschine, die auf einer kleinen Kommode stand, und kehrte zurück, nachdem er sie mit Wasser gefüllt hatte. Er setzte Kaffee auf und holte zwei rote Tassen mit dem Logo der Sozialdemokratischen Partei aus der Kommode.

»Ich fand es sehr interessant, daß der Minister eine Verbindung gezogen hat zwischen den Einbrüchen und der strangulierten Katze, die vor seiner Tür gelegen haben soll«, sagte er dabei. »Das ist insofern bemerkenswert, als daß es ihm schwerfallen wird, dafür Beweise vorzulegen, wenn er die Katzengeschichte erfunden hat.«

»Ja, in der Tat, und es sieht danach aus, als stimmte die Geschichte mit der Katze nicht. Jedenfalls erschien mir der Polizist sehr glaubwürdig. Er hatte auch überhaupt kein Motiv, mir nicht die Wahrheit zu sagen.«

»Aber Sie sollten seinen Namen nicht erwähnen?«

»Das schon, das macht ihn aber in meinen Augen nicht unglaubwürdiger. Immerhin ist er nur ein »kleiner« Polizist, der dem »großen« Minister widerspricht, ihn gar der Lüge überführt. Ich kann nachvollziehen, daß er da lieber den Kopf einzieht.«

»Ja, das mag sein. Wir werden sehen. Wenn wir wissen, wer alles von der Polizei dort war, werden wir die Leute vor den Ausschuß laden. Die Polizisten werden sich dort bestimmt sicherer fühlen, wenn sie wissen, daß sie mit ihren Aussagen nicht alleine dastehen.«

Saalfeld ging zur Kaffeemaschine, schaltete sie aus und goß den Kaffee in zwei Tassen.

»Milch und Zucker?«

»Danke, ja.«

Saalfeld stellte die Tasse Kaffee vor Keller auf den

Schreibtisch sowie eine Dose Büchsenmilch und eine Schale mit Zuckerwürfeln. Keller nahm die Zange, die in der Schale lag, und warf drei Würfel in seinen Kaffee. Saalfeld ließ gar vier Würfel Zucker in seinen Kaffee fallen und goß etwas Milch hinterher.

»Schön zu sehen, daß andere ihren Kaffee auch ordentlich würzen«, sagte er dabei grinsend. »In unserem Büro bin ich der Einzige, der Zucker in den Kaffee nimmt.«

»Da geht es Ihnen wie mir, in unserer Redaktion bin ich ebenfalls der Einzige, der Zucker in den Kaffee nimmt.« Die beiden schlürften ein wenig von ihrem Kaffee und stellten die Tassen wieder auf den Schreibtisch.

»Die Geschichte mit dem Polizisten wird voraussichtlich morgen in die Zeitung kommen«, erklärte Keller. »Wie gesagt, nachdem von ihm nun keine vernünftige Stellungnahme zu bekommen ist, habe ich jetzt auch keine Skrupel mehr, das so zu verfassen.«

»Ja. Bedauerlich, daß wir jetzt noch etwas warten müssen, bis wir die Polizisten vor den Ausschuß holen können. Aber ich habe mich da schon gestern informiert und darum gebeten, daß uns mitgeteilt wird, wer zu der Zeit dort Dienst hatte.«

»Ich habe auch mit der Tierklinik telephoniert, die den Kadaver entsorgt hat. Die haben auch keine Schleifchen an der Katze bemerkt.«

Saalfeld, der für kurze Zeit abwesend in seinen Kaffee geschaut hatte, blickte auf.

»Haben die die Katze noch?«

»Nein, sie ist schon eingeäschert worden, was ja auch nicht verwunderlich ist. Immerhin ist das schon ein paar Wochen her, und die konnten ja nicht ahnen, daß die Katze noch mal zu einer Berühmtheit werden würde.«

Saalfeld zeigte ein leichtes Lächeln und nahm einen Schluck Kaffee.

»Wie dem auch sei, jedenfalls wird die Geschichte dieser Katze uns noch eine Zeitlang beschäftigen. Wir haben schon zahlreiche Polizisten gehört im Zusammenhang mit dem Einbruch in die Kanzlei des Ministers. Ich denke, daß wir hier auch verhältnismäßig schnell an die Aussagen kommen werden, nach meiner Einschätzung bereits zur Sitzung in eineinhalb Wochen.«

»Wird der Minister dann auch anwesend sein?«

»Zumindest werden wir das beantragen. Wäre doch ein Jammer, wenn ihm das entgehen würde, wie die Polizisten seine Katzengeschichte zerlegen.«

»Ja, das finde ich auch.«

Keller steckte seinen Notizblock ein.

»Ich danke Ihnen für den Kaffee. Jetzt mache ich mich auf den Weg und schreibe die Story über den Polizisten, der die Leiche der Katze gefunden hat.«

Saalfeld erhob sich ebenfalls und geleitete Keller zur Tür. Die beiden verabschiedeten sich voneinander und der Journalist machte sich auf den Weg in die Redaktion.

7.

Kellers Artikel über das Gespräch mit dem Polizisten, der erklärt hatte, daß keine strangulierte Katze vor der Haustür, sondern eine vermutlich überfahrene Katze im Garten gefunden wurde, fand vor allem in den Medien ein großes Echo. Zwar hatte Keller befürchtet, daß er am Ende doch noch Ärger mit dem Minister bekommen würde, doch der nahm die Meldung offenbar einfach so hin. Weder bei ihm noch bei der Redaktion war ein Dementi oder gar eine Beschwerde des Ministers eingetroffen.

Für den Rest der Woche sollte die Katze für Keller nur eine untergeordnete Rolle spielen. Neue Erkenntnisse waren weder zu gewinnen noch zu erwarten. Eine weitere Interviewanfrage beim Minister blieb ohne Antwort. Bis zum Wochenende telephonierte Keller noch zweimal mit Saalfeld, der allerdings auch keine Neuigkeiten liefern konnte. Bevor Keller in sein freies Wochenende gehen konnte, kam am Freitag, kurz vor Redaktionsschluß, doch noch ein Anruf des konservativen Abgeordneten Gallring, der sich bei Keller über dessen absurde Geschichten beklagte. Ruhig und gelassen verwies Keller darauf, daß er sich die Geschichten nicht ausgedacht hatte, was Gallring lautstark bezweifelte.

Nach einer knappen Viertelstunde fruchtlosen Hin- und Hers legte Gallring verärgert auf. Offenbar ärgerte er sich darüber, daß nahezu alle Medien inzwischen über die strangulierte Katze, die außer dem Minister offenbar niemand gesehen hatte, berichtet, und damit die Glaubwürdigkeit des Ministers in dieser Angelegenheit in Zweifel gezogen hatten, folgerte Keller aus dem Gespräch.

In der neuen Woche sollte die nächste Ausschußsitzung erst am Ende stattfinden. Den Tag hatte sich Keller freigehalten. Er freute sich bereits darauf, wieder der Sitzung beiwohnen zu können, zumal bereits am Anfang der Woche eine Pressemitteilung die Runde machte, daß alle von der Opposition beantragten Zeugen in der Sitzung gehört werden würden.

Aus dem Ministerium war nach wie vor keine Äußerung zu hören. Auch Gallring hatte seit dem Telephonat am Freitag nichts mehr von sich hören lassen. Mitte der Woche fand eine Nachwahl zum Fraktionsvorstand der Liberalen statt, weil einer der Abgeordneten ausgeschieden und in die Wirtschaft gewechselt war. Die Wahl brachte jedoch keine Überraschungen: Daß Frank Hobert gewählt würde, war zu erwarten gewesen.

Die Sitzungstage des Landtags verteilten sich in dieser Woche auf Dienstag bis Donnerstag. Am Freitag tagte der Bundesrat in Berlin, was Minister Bernhardt möglicherweise einen Vorwand geben konnte, bei der Ausschußsitzung nicht dabei zu sein, in deren Rahmen er eigentlich auch nicht befragt werden sollte. Zugleich legte die Opposition Wert auf Bernhardts Anwesenheit, versprach sie sich doch von der Einvernahme der Polizisten, daß Bernhardts Geschichte von der Katze wie ein Kartenhaus in sich zusammenfallen würde, wie Gabriele Kanz es gegenüber einem Kollegen Kellers formulierte.

Fristgerecht hatte Saalfeld die Liste der Zeugen eingereicht, die die Opposition vor dem Ausschuß zu vernehmen gedachte und die Zeugen waren geladen worden. Keiner von ihnen hatte abgesagt oder um einen anderen Termin gebeten.

Somit sah Saalfeld sichtlich zufrieden aus, als er am Donnerstag den Flur zu seinem Büro entlang ging und dabei auf den Obmann der Konservativen traf, der ihn sogleich am Ärmel zur Seite zog.

»Sagen Sie, Herr Saalfeld«, hob Gallring im gewohnt vertraulichen Tonfall an, »das ist doch wohl nicht ihr werter Ernst, oder?«

»Was genau?«

»Naja, die Liste der Zeugen. Sie wollen vier Polizisten, zwei Feuerwehrleute und zwei Tierärzte vernehmen?«

»Abdecker, Herr Gallring. Vier Polizisten, zwei Feuerwehrleute einen Tierarzt und einen Abdecker. Ja, genau. Was haben Sie daran auszusetzen?«

»Daß Sie die Beamten daran hindern, auf der Straße Ihren Dienst zu tun.«

»Ich? Daß diese Leute aussagen müssen, verdanken wir doch Ihrem Minister, der sich diese Räuberpistole mit der Katze ausgedacht hat.«

»Diesen Begriff sollten Sie aber morgen vor dem Ausschuß nicht wiederholen, also die »Räuberpistole«.«

»Warum nicht? Ich habe Vorgespräche mit zwei der Polizisten und dem Abdecker geführt, und was die erzählt, haben klang irgendwie anders als das, was der Minister dem Journalisten sagte.«

»Das werden wir ja sehen.«

»Ja, Herr Gallring, das werden wir. Sie können sich darauf verlassen, daß ich genau das sagen werde, was ich für richtig halte. Und Ihr Herr Minister wird dies auch zur Kenntnis nehmen müssen«, sagte Saalfeld ruhig und wollte seinen Weg zum Büro fortsetzen, als Gallring ihn wieder am Ärmel griff.

»Einen Moment noch, Herr Saalfeld. Wo wir vom Minister sprechen... Sie werden Ihre große Show morgen ohne Herrn Dr. Bernhardt aufführen müssen.«

Saalfeld wandte sich langsam wieder zu Gallring um.

»Redet sich Bernhardt etwa auf den Bundesrat raus?«

»Nein, haben Sie das nicht gehört? Sein Vater ist gestern

gestorben. Sie werden ihm doch nicht zumuten wollen, zwei Tage nach diesem tragischen Verlust vor dem Ausschuß sitzen und Ihren absurden Verdächtigungen zuhören zu müssen, oder?«

Saalfeld löste sich von Gallrings Griff.

»Gewöhnen Sie sich doch bloß mal ab, andere Leute ständig anzufassen!«

»Also, Herr Saalfeld?«

Saalfeld seufzte und hob seine Schultern.

»Was soll ich dazu denn noch sagen? Natürlich verstehe ich das, wenn der Minister morgen nicht erscheint, nachdem sein Vater gestorben ist. Dafür hat wohl jeder Verständnis.«

»Ja, das hoffe ich auch.«

Saalfeld sah Gallring noch eine Zeitlang nach, während dieser den Flur entlang ging und um die Ecke in die Kantine verschwand.

»So ein Mist«, knurrte Saalfeld und ging in sein Büro, wo Fraktionschef Martin Fiedler bereits auf ihn wartete.

»Hallo Martin«, sagte Saalfeld.

»Hallo Frank. Du siehst nicht so glücklich aus.«

»Bin ich auch nicht. Bernhardts Vater ist gestorben, das bedeutet natürlich, daß er am Freitag nicht im Ausschuß ist.«

»Ja, ich weiß, ich habe davon auch schon gehört. Weswegen ich hier bin: Wirst du auch diesen Journalisten als Zeugen berufen, diesen Keller?«

Saalfeld schüttelte den Kopf.

»Das halte ich nicht für notwendig. Sein Artikel liegt ja vor. Und wenn es notwendig werden sollte, können wir ihn ja immer noch nachträglich benennen Warten wir erst mal ab, wie die ersten Vernehmungen verlaufen. Vielleicht ist es am Ende ja gar nicht nötig, ihn auch noch anzuhören.«

»Wie du meinst. Vielleicht ist das gar nicht schlecht, wenn Keller am Ende noch ein wenig nachlegen kann. Was hältst du von ihm?«

Saalfeld überlege eine kurze Zeitlang.

»Tja, ich weiß nicht. Ich habe den Eindruck, daß er politisch eher uns als Bernhardt nahesteht. Das legt auch die Zeitung nahe, für die er arbeitet. Ansonsten ist er ein sehr unaufdringlicher, zurückhaltender Journalist, dem ich eine große Enthüllungsgeschichte nicht zutrauen würde. Ich bin mir nicht sicher, was ich in dieser Hinsicht von ihm halten soll, aber als Mensch ist er mir recht sympathisch. Man kann gut mit ihm auskommen.«

»Vielleicht sollte ich mal prüfen, ob er bei uns in der Partei ist.«

Saalfeld schüttelte seinen Kopf.

»Nein, Martin, mach das nicht. Das will ich gar nicht wissen. Wenn das so sein sollte und herauskommt, könnte das nur Schwierigkeiten machen.«

»Ja, du hast recht, daran habe ich nicht gedacht.«

Saalfeld packte ein paar Hefter zusammen und packte sie in seine Aktentasche.

»Daß der Minister morgen nicht bei der Ausschußsitzung dabei ist, finde ich ausgesprochen ärgerlich. Wenn die Polizisten seine Geschichte in der Luft zerreißen, wäre es deutlich angenehmer, wenn er sich das mit anhören müßte. So ein Pech!«

»Reg dich nicht auf. Wenn die Polizisten morgen im Ausschuß erklären, daß es die Katze nicht gab, wird das so oder so verheerend sein für den Minister. Es gibt inzwischen zahlreiche Artikel in den Zeitungen und in den Sendemedien, die über seinen angeblichen Katzenfund berichtet haben, daß es auch so ein Desaster für ihn wird, wenn niemand außer ihm diese strangulierte und mit Schleifchen verzierte Katze gesehen haben will.«

»Ja, ich weiß, trotzdem hätte ich gerne sein Gesicht gesehen, wenn seine Story sich in Luft auflöst. Naja, man kann nicht alles haben.«

»Ich hätte es dir ja auch gegönnt, aber um die Wirkung brauchst du dir keine Sorgen zu machen.«

Saalfeld lächelte kurz.

»Nein, das tue ich auch nicht.«

Die beiden verließen Saalfelds Büro und schlenderten den Gang entlang in Richtung Ausgang.

»Anbei«, sagte Fiedler, »in der Fraktion wird demnächst der Posten eines stellvertretenden Fraktionsgeschäftsführers frei. Alexanders Vater hatte einen Herzinfarkt und soll künftig kürzertreten. Deshalb wird Alexander aus dem Landtag ausscheiden und das Geschäft übernehmen. Ich dachte, daß du vielleicht Interesse hast, dich in diese Position wählen zu lassen.«

»Ja, das werde ich gerne machen. Tut mir ja leid mit Alexanders Vater, ist es sehr ernst?«

»Naja, eine Kleinigkeit war es nicht, aber auch kein schwerer Infarkt. Seine Frau hatte sofort den Notarzt geholt und er kam sofort in die Klinik. Er ist auch noch dort, aber wenn er sich schont, hat er noch einige Jahre vor sich. Glücklicherweise scheint er vernünftig zu sein und das Geschäft sofort seinem Sohn zu übergeben. Das ist ja nicht bei jedem so.«

»Alex versteht was davon, er schafft das. Nur schade auch für uns, er ist sehr kompetent und wird eine erhebliche Lücke reißen.«

»Die füllst du schon, da habe ich keine Sorge. Es war für ihn sofort klar, daß er das Geschäft übernehmen würde, und ich habe ihn da auch unterstützt. Es muß ja nicht jeder dieselbe Erfahrung wie...«

Saalfeld nickte. Er wußte, daß in der Familie Fiedlers anders gelaufen war. Der Vater hatte nach einem Herzinfarkt nicht mit der Arbeit aufhören wollen und war schließlich in seiner Firma gestorben. Weil Martin nie in der Firma gearbeitet, sondern beruflich einen völlig anderen Weg eingeschlagen hatte, stand eine Übernahme nie zur Debatte. Aber es hatte andere Leute gegeben, die dem Vater die Arbeit abgenommen hätten – wenn er es zugelassen hätte, was nicht der Fall war.

»Ich hätte auch noch eine Personalie«, sagte Saalfeld.

»Ja?«

»Die Tochter eines Freundes möchte gerne ein Schulpraktikum im Faktionsbüro machen. Das wären zwei Monate. Ich hatte ihm versprochen dich mal anzusprechen.«

»Klar, gerne, wann wäre das?«

»Oktober und November.«

»Kein Problem, da sind ja auch Sitzungswochen, so daß sie was zu sehen bekommt. Sie soll sich mal bei mir vorstellen.«

»Gut, ich sage ihm, daß sie dich mal anrufen soll.«

Vor dem Landtag trennten sich die Wege der beiden. Fiedler schwang sich auf sein Fahrrad und fuhr stadtauswärts davon, während sich Saalfeld in seinen Wagen setze. Er hatte einen deutlich längeren Weg nach Hause und dachte während der Fahrt über die Strategie nach, die er am nächsten Tag im Ausschluß verfolgen wollte.

8.

Der Sitzungssaal füllte sich mit Zuschauern, vor allem Journalisten. Keller war früh gekommen, um einen guten Platz zu ergattern. Es dürfte eine längere Sitzung werden, vermutete Keller, dem die Zeugenliste vorlag – Saalfeld hatte sie ihm im Vorfeld der Sitzung zugesteckt. Dabei hatte Keller auch bemerkt, daß der Polizist, mit dem er gesprochen hatte, ebenfalls auf der Liste der Zeugen stand, die an diesem Tag gehört werden sollten.

Gallring hatte sichtlich schlechte Laune. Vor dem Sitzungssaal raunzte er zwei Journalisten an, die ihn zu der Geschichte um die Katze befragen wollten, und warf seine Aktentasche mit einem lauten Knall auf den Tisch im Sitzungssaal. Keller konnte sich das zwar nicht erklären, doch er vermutete, daß eine der Ursachen dafür der Umstand sein durfte, daß diese Sitzung, die für den Minister möglicherweise besonders peinlich werden konnte. Die Konservativen und die Liberalen, die bislang nicht nur keine Kritik geübt, sondern den Minister vorbehaltlos unterstützt hatten, durften für den Tag keine besondere Strategie gefunden haben, um zu verhindern, daß in der Sitzung all die Aussagen aktenkundig würden, die in den vergangen Tagen durch die Presse geisterten. Denn inzwischen hatten auch andere Beteiligte, die sich nicht namentlich nennen ließen, gegenüber verschiedenen Medien geäußert, daß sie ebenfalls keine Mafia-Katze vor dem Haus des Ministers gesehen hätten.

Der Ausschußvorsitzende belehrte die Zeugen über das, was ihnen bevorstand, und schickte sie wieder mit dem Hinweis aus dem Saal, daß sie nach und nach aufgerufen würden. Es erinnerte an eine Gerichtsverhandlung - nur ohne einen Angeklagten.

Nach der Einweisung der Zeugen entstand eine kurze Pause, während der Gallring zusammen mit Hobert in einer Ecke des Sitzungssaals standen und sich gedämpft unterhielten. Beide erweckten bei Keller den Eindruck, daß sich über eine wirkungsvolle Strategie nicht einig waren und nun gemeinsam ausdiskutierten, wie sie einen möglichen Schaden begrenzen könnten.

Auch Saalfeld sah nicht zufrieden aus. Er ärgerte sich immer noch darüber, daß die Sitzung ohne den Minister stattfinden mußte. Inzwischen war die Absage des Ministers und der Tod des Vaters als Begründung offiziell beim Ausschuß eingegangen. Es bestand kein Zweifel daran, daß alle Ausschußmitglieder Verständnis dafür hatten, daß der Minister nach einem solchen Ereignis nicht vor dem Ausschuß erscheinen würde. Doch Saalfeld ärgerte mehr als seine Kollegen darüber.

Der Ausschußvorsitzende rief die Obleute der Parteien zu sich, um letzte Formalien für die Sitzung zu besprechen. Auf den Bänken, die für die Presse reserviert waren, drängelten sich die Journalisten. Zu keiner öffentlichen Sitzung dieses Ausschusses gab es ein so großes Medieninteresse wie bei dieser.

Schließlich wurde um Ruhe gebeten und alle Beteiligten nahmen ihre Plätze ein. Die Türen wurden geschlossen und der Vorsitzende eröffnete die Sitzung des Untersuchungsausschusses.

»Wir vernehmen heute insgesamt acht Zeugen«, teilte der Vorsitzende mit. »Vier von ihnen vor der Mittagspause, vier danach. Die Sitzung wird somit ungefähr gegen 13:00 Uhr für eine Stunde unterbrochen. Danach werden die Zeugenbefragungen fortgesetzt. Zuvor will Herr Gallring noch eine Erklärung abgeben. Herr Gallring, Sie haben das Wort.«

Gallring erhob sich von seinem Platz und schaltete das

Mikrophon ein. Bevor er das Wort ergriff, rückte er seine Krawatte zurecht, um anschließend feierlich seine Erklärung abzugeben.

»Meine Damen und Herren, ich möchte Ihnen am Anfang dieser Sitzung mitteilen, daß der Minister Dr. Bernhardt zu dieser Sitzung nicht kommen konnte. Sein Vater ist vorgestern gestorben und nach diesem tragischen Verlust ist es ihm nach unserer Auffassung nicht zuzumuten, an dieser Sitzung teilzunehmen. Ich möchte das Beileid der Fraktion der Konservativen und der Liberalen hiermit zu Protokoll geben.«

Die Ausschußmitglieder erhoben sich von ihren Plätzen und setzten sich nach einer Schweigeminute wieder.

»Ich danke Ihnen«, erklärte der Vorsitzende. »Wir fahren nun in der Sitzung fort und hören den ersten Zeugen, Herrn Lars Weyer.«

Ein Sekretär ging an die Tür und bat den Polizisten Lars Weyer in den Sitzungssaal. Weyer war ein junger Polizist, der erst seit etwas über einem Jahr in der Dienststelle war, nachdem er vor zwei Jahren Polizeimeister geworden war. Als sich der fast zwei Meter große, in Uniform gekleidete Beamte an den Zeugentisch setzte, nahm er seine Uniformmütze vom Kopf und legte sie vor sich auf den Tisch.

»Herr Lars Weyer«, eröffnete der Vorsitzende, »ich mache Sie darauf aufmerksam, daß dieser Untersuchungsausschuß die gesetzliche Möglichkeit hat, Sie zu vereidigen. Bislang liegt hierzu jedoch kein Antrag vor. Bitte nennen Sie Ihren Namen und Ihre Amtsbezeichnung.«

»Lars Weyer, Polizeimeister.«

»Herr Saalfeld, Sie können Ihre Fragen stellen.«

Saalfeld nahm sich seinen Notizzettel zur Hand und trat an das Pult.

»Herr Weyer, Sie waren am 23. Mai im Einsatz vor dem Haus des Ministers Dr. Hans Bernhardt.«

»Ja, das stimmt.«

»Warum waren Sie dort im Einsatz?«

»Ich war für eine Schutzmaßnahme am Haus des Ministers eingeteilt, nachdem es mehrere Einbrüche in seine Kanzlei gegeben hatte und der Minister mutmaßlich beschattet worden war.«

»Der Minister war an dem Tag nicht zu Hause?«

»Nein, er war mit Frau und Tochter nach Berlin gefahren, aber sein Vater war im Haus anwesend.«

»Haben Sie die tote Katze entdeckt, die am Haus des Ministers gefunden wurde?«

»Nein, der Kollege Polizeiobermeister Meyer hatte sie entdeckt. Ich war vorne vor dem Haus eingeteilt.«

»Also dort, wo auch die Haustür war.«

»Ja.«

»Und haben Sie vor der Haustür eine tote Katze bemerkt?«

»Nein, das habe ich nicht.«

»Hat Polizeiobermeister Meyer die Katze vor der Haustür entdeckt?«

»Nein, er hat sie im Garten entdeckt.«

»Im Garten. In welchem Garten?«

»Im Garten des Hauses des Herrn Ministers Dr. Bernhardt.«

Ein leises Murmeln ging durch den Saal. Der Vorsitzende hob seinen Kopf und sah einen kurzen Moment lang mit strafendem Blick in die Runde, bis es wieder ruhig wurde.

»Haben Sie die Katze gesehen?«, wollte Saalfeld wissen.

»Ja, das habe ich.«

»Und haben Sie bemerkt, daß die Katze mit Schleifchen verziert war?«

»Nein, das war sie nicht.«

»Sind Sie sicher?«

»Ja, ich bin sicher. Die Katze war nicht mit Schleifchen verziert.«

Wieder gab es Unruhe im Saal. Diesmal mußte der Vorsitzende um Ruhe bitten, bevor es wieder still wurde.

»Und hatten Sie den Eindruck, daß die Katze stranguliert worden war?«, fragte Saalfeld.

»Nein, den Eindruck hatte ich nicht. Ich hatte den Eindruck, daß sie überfahren worden war.«

Gallring seufzte hörbar.

»Sie war Ihrer Meinung nach überfahren worden?«

»Ja, das war mein Eindruck. Sie war nicht die erste überfahrene Katze, die ich gesehen habe, und mein Eindruck war, daß sie überfahren wurde und sich dann noch in den Garten des Herrn Minister geschleppt hatte und dort verendet war.«

»Hatten Sie den Eindruck, daß die Katze schon länger dort lag?«

»Ich ähem... Keine Ahnung, zumindest dürfte sie am Vortag noch nicht dort gelegen haben, denn da waren ja auch bereits Schutzmaßnahmen am Haus des Ministers durchgeführt worden, und da wäre die Katze bemerkt worden.«

»Und in der Nacht? Wurde das Haus da auch bewacht?«

»In der Nacht war ein Beamter im Haus anwesend.«

Keller notierte sich die Angaben eifrig mit, während Saalfeld seine Notizzettel beiseitelegte.

»Gut, ich habe erst mal keine weiteren Fragen.«

Saalfeld kehrte zu seinem Platz zurück. Neben ihm saß sein Fraktionskollege Albrecht Werries, der sich während der Befragung Notizen gemacht hatte, die er Saalfeld nun übergab.

»Herr Gallring, Ihre Fragen«, sagte der Vorsitzende, und Gallring kramte umständlich ein paar Notizen hervor und trat an das Pult.

»Herr Weyer, Sie sagten uns gerade, daß Sie den Eindruck hatten, daß die Katze überfahren wurde«, erklärte Gallring. »Sind Sie sicher oder glaubten Sie nur, daß die Katze überfahren worden sei?«

»Nun«, erwiderte der Polizist, »ich habe die Katze nicht untersucht, aber sie sah aus wie andere Katzen, die ich schon gesehen hatte, und die überfahren worden waren.«

»Ist es möglich, daß jemand die Katze stranguliert und mit Schleifchen verziert hatte? Daß er sie vor die Haustür legte und jemand anderes die Katze von Schleifchen befreite und in den Garten legte?«

Saalfeld verdrehte die Augen, während der Polizist den

konservativen Obmann leicht irritiert anschaute.

»Absurder ging's wohl nicht«, flüsterte Werries ihm zu.

»Naja, also mit letzter Sicherheit kann ich das nicht ausschließen, aber es ist doch schon sehr unwahrscheinlich«, erwiderte Weyer, als er sich wieder gefaßt hatte. »Zumal die Katze Spuren des Überfahrens aufwies.«

»Aber Sie schließen es nicht aus?«

»Also, äh... Ausschließen kann ich es nicht, aber ich halte es nicht für wahrscheinlich.«

»Sie schließen es nicht aus?«

»Nein.«

Gallring nickte zufrieden.

»Also gut. Wir haben eben von Ihnen gehört, daß über Nacht ein Beamter im Haus anwesend war. Wann wurde dieser abgelöst?«

»Durch unsere Einheit am frühen Morgen um 7:00 Uhr.«

»Wer gehörte zu der Einheit?«

»Polizeiobermeister Mayer und ich.«

»Wie lange dauerte es, bis nach Ihrer Ankunft Polizeiobermeister Mayer die Katze fand?«

Der Polizist überlegte eine Zeitlang.

»Ich glaube, die Katze hat er gegen 10:00 Uhr gefunden.«

»Und bis dahin war die Gartenseite unbewacht?«

»In regelmäßigen Abständen wurde in den Garten gegangen, aber eine ständige Überwachung war dort nicht notwendig.«

»Und war Polizeiobermeister Mayer zum ersten Mal im Garten?«

»Nein, das war er nicht.«

»Aber die Katze hat er erst gegen 10:00 Uhr gefunden?«

»Ja, glaube ich. Aber ich kann zu den Details nichts sagen, da müssen Sie Polizeiobermeister Mayer befragen.«

»Ja, das werden wir. Ich hätte dann auch keine weiteren Fragen.«

Während Gallring zu seinem Platz zurückkehrte, wandte sich der Vorsitzende an Hobert, doch der lehnte ab. Er habe keine Fragen, die über das hinausgingen, was Gallring gefragt habe, erklärte er knapp.

»Frau Kanz, Sie können dann Ihre Fragen stellen«, sagte der Vorsitzende.

»Ja. Danke, Herr Vorsitzender«, erwiderte Kanz und ging zum Pult herüber. »Herr Weyer, der Kollege Gallring legte so großen Wert darauf, von Ihnen die Bestätigung zu bekommen, daß es möglich sei, daß jemand der Katze die Schleifchen abgenommen und sie in den Garten gelegt habe. Hätte das tagsüber geschehen können, nachdem Sie schon da waren, also nach 7:00 Uhr?«

»Nach 7:00 Uhr auf keinen Fall«, erklärte der Polizist, »denn als wir kamen, lag keine Katze vor der Haustür. Zumindest der Kollege Kofeld hätte sie ja bemerken, also beim Verlassen des Hauses buchstäblich über sie stolpern müssen.«

»Haben Sie nach dem Fund der Katze mit dem Minister Kontakt gehabt?«

»Ich nicht, aber der Polizeihauptmeister Mayer hatte in Berlin angerufen und den Herrn Minister über die Katze informiert.«

»Waren Sie dabei?«

»Nein. Er sagte, daß er den Herrn Minister fragen würde, ob es sich um seine Katze handelte.«

»Was sagte Ihnen Polizeiobermeister Mayer, nachdem er mit dem Minister telephoniert hatte?«

»Er sagte, es sei nicht die Katze des Ministers. Daraufhin hat er mich veranlaßt, den Kadaver beseitigen zu lassen.«

»Wie haben Sie den Kadaver beseitigen lassen?«

»Ich rief die Feuerwehr an und bat darum, daß der Leichnam der Katze abgeholt werde.«

»Und die Feuerwehr kam vorbei und holte die Katze?«

»Nicht solange ich dort war. Ich hatte bereits zu Mittag Dienstschluß. Die Feuerwehr kam erst danach.«

»Wer löste Sie ab?«

»Polizeimeister Werner Becker.«

»Ich habe keine Fragen mehr.«

»Ich hätte doch noch eine Frage«, warf Hobert ein.

»Sie können Ihre Frage stellen«, erwiderte der Vorsitzende. Hobert erhob sich, um seine Frage von seinem

Platz aus zu stellen.

»Wo war die Katze die ganze Zeit über, während Sie und Ihr Kollege die Telephonate führten?«

»Sie lag weiterhin im Garten«, erwiderte der Polizist.

»Und jeder konnte an die Katze herankommen?«

»Naja... ja. Sicher. Aber sie war ja tot und was sollte ihr dann noch mehr passieren? Und ein wesentliches Beweisstück war sie zu der Zeit ja auch nicht.«

»Haben Sie die Katze nach Ihren Telephonaten noch mal gesehen?«

»Ja, ich war später noch mal nach hinten in den Garten gegangen.«

»Und lag die Katze noch dort?«

»Ja.«

»Unverändert?«

Der Polizist stockte kurz.

»Äh... ja, nehme ich an.«

Unter den Zuschauern breitete sich Heiterkeit aus.

»Ich muß um Ruhe bitten«, herrschte der Vorsitzende das Publikum an.

»Wir haben natürlich die Lage der Katze nicht dokumentiert, als wir sie gefunden haben«, fuhr der Polizist fort. »Wie gesagt, zu der Zeit war es einfach eine tote Katze, die im Garten lag, und die keinen Hinweis darauf gab, daß ein Verbrechen stattgefunden habe.«

»Sie waren doch dort, um Schutzmaßnahmen durchzuführen. Kam Ihnen da nicht in den Sinn, daß die Katze möglicherweise Teil einer Bedrohung für den Minister sein konnte?«

»Nein, überhaupt nicht. Es war eine überfahrene Katze, die sich offensichtlich noch in den Garten des Ministers schleppen konnte. Eine überfahrene Katze stellte in keiner Weise eine Bedrohung dar, zumal sie tot war.«

Bei den Journalisten griff eine unterdrückte Heiterkeit um sich, die den strafenden Blick des Ausschußvorsitzenden nach sich zog.

»Ähem... ich habe keine Fragen mehr«, erklärte Hobert.

»Damit wäre die Befragung des Zeugen abgeschlossen«, erklärte der Vorsitzende. »Sie können den Saal verlassen oder sich unter die Zuschauer mischen. Als nächsten hören wir den Zeugen Gerd Mayer.«

Der Polizist erhob sich und verließ den Sitzungssaal, während Polizeiobermeister Gerd Mayer ihn betrat und sich auf den Zeugenplatz setzte. Auch er, in seine Uniform gekleidet, nahm seine Mütze ab und legte sie vor sich auf den Tisch.

9.

»Bitte nennen Sie Namen und Amtsbezeichnung«, sagte der Vorsitzende.

»Gerd Mayer, Polizeiobermeister.«

»Diese Runde darf Herr Gallring eröffnen.«

Gallring sortierte seine Notizen und trat wieder an das Pult, das gegenüber dem Zeugenstuhl stand.

»Wir haben von Ihrem Kollegen gehört, daß Sie die Katze gefunden haben. Wann war das?«

»Am 23. Mai dieses Jahres gegen 10:00 Uhr.«

»Sind Sie vorher schon im Garten gewesen oder haben Sie diesen um 10:00 Uhr zum ersten Mal betreten?«

»Ich war vorher schon mehrfach im Garten.«

»Und die Katze haben Sie erst gegen 10:00 Uhr bemerkt?«

»Ja. Sie lag unter einem Gebüsch und war schwer zu erkennen, deshalb habe ich sie zuvor nicht bemerkt.«

»Und ist Ihnen an dieser Katze etwas Besonderes aufgefallen?«

»Außer daß sie tot war – nichts.«

»Ihnen ist nicht aufgefallen, daß sie gegebenenfalls mit Schleifchen verziert war?«

»Nein, sie hatte keine Schleifchen.«

»Könnte jemand die Schleifchen entfernt haben bevor Sie die Katze entdeckt hatten?«

Mayer warf einen kurzen Blick ins Publikum und entdeckte Keller, der leicht seine Schultern hob. Dann wandte er sich wieder Gallring zu.

»Wenn Sie davon ausgehen, daß die Katze mit Schleifchen verziert war, hat sie wohl jemand abgenommen, bevor ich sie entdeckte. Allerdings gab es keine Hinweise darauf, daß mit der Katze etwas anderes passiert sein sollte, als daß sie überfahren wurde oder aus sonstigen Gründen verendete.«

»Aber Sie schließen nicht aus, daß jemand die Katze in den Garten gebracht und ihr die Schleifchen abgenommen hatte?«

Mayer sah Gallring mit einem zweifelnden Blick an.

»Die Schleifchen abgenommen und in den Garten gebracht hat? Von wo?«

»Von der Haustür, zum Beispiel?«

»Die Katze wurde überfahren und hat sich noch in den Garten geschleppt, bevor sie verstarb. Ich habe während meiner Laufbahn schon zahlreiche Katzen gesehen, die überfahren wurden. Diese Katze ist eine von ihnen.«

»Aber könnte es nicht doch sein, daß jemand die Katze stranguliert und vor die Tür des Ministers gelegt, später dann die Schleifchen abgenommen und die Katze in den Garten unter das Gebüsch gelegt hat?«

»Möglich ist vieles, aber dies ist absolut unwahrscheinlich.«

Gallring erkannte, daß er hier nicht weiterkam, und wechselte das Thema.

»Was taten Sie nach dem Fund der Katze?«

»Ich rief über den Streifenwagen in Berlin an und erkundigte mich beim Herrn Minister Bernhardt, ob es sich bei der Katze um die Seine handelte, was er verneinte. Daraufhin bat ich Polizeimeister Weyer, sich darum zu kümmern, daß die Feuerwehr die Katze abholt.«

»Warum haben Sie nicht an der Wohnung des Ministers geklingelt und den Vater gefragt?«

»Er hatte zuvor das Haus verlassen. Es war niemand dort anwesend.«

»Dann habe ich keine weiteren Fragen mehr.«

Mit einem unzufriedenen Gesichtsausdrück kehrte Gallring an seinen Platz zurück und tauschte einen kurzen Blick mit Hobert aus, der mit den Schultern zuckte.

»Herr Saalfeld, bitte«, sagte der Vorsitzende und Saalfeld ging mit seinen Notizen in der Hand erneut zum

Pult.

»Herr Keller hat in seinem Artikel geschrieben, daß der Minister die Katze am 23. Mai vor seiner Haustür bemerkt haben wollte«, sagte Saalfeld. »Hat im Laufe des 23. Mai eine Katze, die stranguliert und mit Schleifchen verziert war, vor der Haustür des Ministers gelegen?«

»Nicht solange ich dort war«, antwortete der Polizist.

»Und wie lange waren Sie dort?«

»Von 7:00 Uhr morgens bis um 16:00 Uhr nachmittags.«

»Was geschah nach 16:00 Uhr?«

»Werner Becker, der um 13:00 Uhr kam, hatte bis um 20:00 Uhr dort Dienst, und dann trat Gert Kofeld wieder zur Nachtschicht an.«

»Man kann also sagen, es waren den ganzen Tag über Polizisten beim Haus des Ministers?«

»Ja.«

»Am nächsten Tag auch?«

»Ja.«

»Und wie lange insgesamt?«

»Die ganze auf diesen Sonntag folgende Woche über.«

»Und können Sie mir sagen, ob an diesem Sonntag, also dem 23. Mai, eine tote Katze vor der Tür des Ministers lag, die stranguliert wurde und mit Schleifchen verziert war?«

»Nein, nicht am 23. Mai.«

»Und Sie können ausschließen, daß die Katze, wie Herr Gallring unterstellte, zuvor, also bevor Sie sie entdeckten, stranguliert und mit Schleifchen verziert vor des Ministers Haustür lag?«

»Ich kann zumindest für den Zeitraum ausschließen, den ich überblicken kann. Am 23. Mai ab 7:00 Uhr lag keine Katze vor der Haustür, weder eine tote noch eine lebende.«

»Sie veranlaßten also Polizeimeister Weyer, die Feuerwehr zu verständigen, um die Katze abzuholen zu lassen. Wann kam die Feuerwehr?«

»Ja, sie kam gegen 14:30 Uhr und holte den Kadaver ab.«

»Und haben sich die Feuerwehrleute Ihnen gegenüber zu dem Zustand der Katze geäußert?«

»Nein.«

»Was taten die Leute?«

»Sie verpackten den Kadaver in eine für diesen Zweck spezielle Plastiktüte und transportierten sie ab.«

»Haben Sie später noch einmal etwas von der Katze gehört?«

»Nein, von dieser Katze nichts mehr.«

»Aber von einer anderen Katze?«

»Ja, ich las in der Zeitung, daß vor Minister Bernhardts Haus eine strangulierte und mit Schleifchen verzierte Katze gefunden worden sein soll.«

»Bezogen Sie das auf die Katze, die Sie gefunden haben?«

Mayer schüttelte kurz seinen Kopf.

»Nein. Sie war weder stranguliert noch mit Schleifchen verziert.«

»Ist Ihnen ein Bericht in Ihrer Dienststelle bekannt, nach dem eine strangulierte und mit Schleifchen verzierte Katze vor dem Haus des Ministers gefunden worden sein soll?«

»Nein.«

»Haben Sie irgendwelche sonstigen merkwürdigen Beobachtungen in der Nähe des Hauses des Ministers gemacht?«

»Nein, während meiner Dienstzeit dort ist nichts Verdächtiges vorgefallen.«

»Ich danke Ihnen.«

Saalfeld kehrte an seinen Platz zurück. Eigentlich war alles gesagt, dachte er, aber es konnte nicht schaden, wenn die anderen Zeugen auch noch ausführten, daß es die strangulierte Katze nicht gegeben hatte. Je mehr Leute aussagten, daß des Ministers Mafia-Katze ein Hirngespinst war, desto schwerer würde es dem Minister später fallen zu erklären, wieso er diese Geschichte überhaupt erzählt hatte.

»Dann ist jetzt Herr Dr. Hobert an der Reihe«, verkündete der Vorsitzende. Hobert warf auf dem Weg zum Pult einen genervten Blick auf Saalfeld. Keller sah dem Liberalen an, daß er den Saal am liebsten verlassen hätte. Stattdessen stellte er sich nun an das Pult und wandte sich an den Polizeibeamten.

»Herr Polizeiobermeister Mayer. Sie sagten vorhin, daß nach Ihrer Einschätzung die Katze überfahren worden sei. Kann es sein, daß Sie sich irren?«

»Natürlich kann ich mich auch irren, aber die Wahrscheinlichkeit ist in diesem Fall ausgesprochen gering. Selbstverständlich kann die Katze auch aus anderen Gründen gestorben sein, denn sie zeigte keine äußeren Verletzungen.«

»Haben Sie eine Autopsie der Katze angeordnet?«

Glucksen im Publikum, das wiederum von einem strengen Blick des Vorsitzenden beantwortet wurde.

»Nein, dazu bestand kein Anlaß.«

Hobert nickte kurz und sah für einen Moment zufrieden aus. Auch Gallring zeigte ein leichtes Lächeln.

»Und wie kommen Sie dann zu der Behauptung, daß die Katze überfahren worden sei?«

»Weil es die naheliegendste Annahme ist. Selbstverständlich kann die Katze auch an Altersschwäche gestorben sein, aber angefahrene Katzen müssen nicht unbedingt äußerliche Verletzungen zeigen.«

»Und daß die Katze stranguliert sein könnte, liegt außerhalb des Bereichs des Möglichen?«

»In meiner Erinnerung sah der Hals der Katze unversehrt aus.«

Hobert grunzte zufrieden.

»Also gut. Haben Sie denn erwogen, daß die Katze im Zusammenhang stehen könnte mit den Bedrohungen, die der Minister befürchtete?«

»Nein.«

»Warum nicht?«

»Weil nicht ersichtlich ist, daß eine tote Katze irgendeine Bedrohung darstellen könnte. Das spricht gegen jede Erfahrung.«

»Sie sagten vorhin, es sei unwahrscheinlich, daß die Katze stranguliert und mit Schleifchen verziert war. Sie räumten eben ein, daß Sie sich geirrt haben könnten. Könnten Sie sich dann auch in dem Punkt geirrt haben,

daß die Katze nicht vor der Haustür des Ministers lag?«
Mayer legte eine kurze Pause ein, bevor er mit unüberhörbarer Ungeduld in der Stimme antwortete.

»Ich kann Ihnen nur sagen, was ich bereits Ihrem Kollegen Abgeordneten gesagt habe: Am 23. Mai dieses Jahres lag keine strangulierte und mit Schleifchen verzierte Katze vor der Haustür des Ministers Hans Bernhardt.«

»Ich danke Ihnen, keine weiteren Fragen.«

Hobert kehrte zu seinem Platz zurück und tauschte kurze Blicke mit Gallring aus, die Keller nicht so recht zu deuten vermochte.

Der Ausschußvorsitzende wandte sich Gabriele Kanz zu.

»Haben Sie noch Fragen an den Herrn Polizeiobermeister Mayer?«

»Ja«, erwiderte Kanz.

»Dann stellen Sie sie.«

Kanz erhob sich von ihrem Platz und ging zum Pult herüber.

»Danke Herr Vorsitzender. Herr Polizeiobermeister, wir haben eben die Versuche der Herren Gallring und Hobert erlebt, von Ihnen die Aussage zu bekommen, daß es doch sein könnte, daß die Katze stranguliert und mit Schleifchen verziert vor der Haustür des Ministers lag. Sie haben das für den 23. Mai ausgeschlossen und dem Kollegen Saalfeld gesagt, daß Ihnen kein Bericht bekannt sei, daß zu einem anderen Zeitpunkt eine solche Katze vor der Tür des Ministers gelegen habe.«

»Richtig, so ist es«, bekräftigte Mayer.

»Weiterhin sagten Sie, daß Ihre Erfahrung Ihnen sage, daß die Katze überfahren worden sei. Haben Sie denn schon einmal erlebt, daß jemanden eine strangulierte und mit Schleifchen verzierte Katze vor die Haustür gelegt wurde?«

»Ich habe das noch nicht erlebt und mir ist ein solcher Fall auch aus meiner Dienststelle her nicht bekannt.«

»Aber Sie haben schon überfahrene Katzen gesehen und sagten, daß Ihre Erfahrung sage, daß auch diese Katze überfahren wurde.«

»Ja.«

»Und Sie meinen, daß die Katze noch in der Lage war, sich bis in den Garten zu schleppen?«

Mayer hob seine Schultern.

»Ja, das sieht ja wohl so aus.«

»Könnte sie nicht doch jemand dort abgelegt haben? Immerhin lag sie versteckt unter dem Gebüsch?«

»Natürlich kann sie dort jemand abgelegt haben, aber das ist eigentlich nicht zu erwarten und zum anderen ist es bekannt, daß sich Katzen einen versteckten Ort zum Sterben suchen, wenn sie meinen, daß die Zeit gekommen sei. Diese Katze war offenbar schwer verletzt und konnte sich noch mit letzter Kraft unter das Gebüsch schleppen, wo sie verendete. Man kann natürlich noch alle möglichen Verschwörungstheorien spinnen, aber ich sehe keinen Raum dafür und meine Erfahrung sagt mir, daß da nichts weiter dahintersteckt.«

»Sie hatten den Minister angerufen und nach der Katze gefragt?«

»Ja, richtig. Als ich die Katze fand, nahm ich an, daß sie dem Minister gehören könnte. Also rief ich in Berlin an und erkundigte mich, ob es sich um seine Katze handele. Er sagte mir jedoch, daß er keine Katze habe und so veranlaßte ich die Entsorgung des Kadavers.«

»In welcher Weise haben Sie ihn über die Katze informiert?«

»Ich sagte, daß in seinem Garten eine tote Katze liege, die vermutlich überfahren worden sei.«

»Und was antwortete er?«

»Er antwortete, daß er keine Katze besitze.«

»Gut, ich danke Ihnen.«

»Dann hätte ich noch eine Frage«, sagte Gallring.

»Bitte sehr«, erwiderte der Vorsitzende.

»Herr Mayer, Sie sagten eben, daß sie den Minister darüber informiert hätten, daß eine tote Katze in seinem Garten lag, und daß diese überfahren worden sei.«

»Ja.«

»Und Sie haben sich nicht gegebenenfalls den Scherz erlaubt dem Minister zu sagen, daß eine strangulierte und mit Schleifchen verzierte Katze vor seiner Tür liege?«

Keller schloß seine Augen. Er konnte nicht glauben, daß Gallring tatsächlich diese Frage gestellt hatte. Saalfeld und Kanz grinsten einander an, während der Polizist antwortete:

»Natürlich nicht, für wen halten Sie mich?«

»Entschuldigen Sie, aber ich möchte gerne jeder Spur nachgehen.«

»Bitte sehr. Sie können sich darauf verlassen, daß niemand aus unserer Dienststelle sich einen so abgrunddummen Scherz erlauben würde.«

»Ich wollte Ihnen nicht zu nahe treten. Aber diese Frage mußte einfach noch gestellt werden.«

»Und zwar genau vom Richtigen«, flüsterte Werries Saalfeld grinsend zu.

»Ich bitte um Ruhe«, sagte der Vorsitzende, zumal es auch unter den Zuschauern inzwischen wieder unruhig geworden war. »Haben Sie weitere Fragen, Herr Gallring?«

»Nein, keine weiteren Fragen.«

»Möchte sonst jemand noch eine Nachfrage stellen?«

Die Ausschußmitglieder schüttelten ihre Köpfe und der Vorsitzende entließ den Zeugen Mayer.

»Ich möchte das Publikum nochmals eindringlich bitten, sich während der Sitzung ruhig zu verhalten. Bekundungen jeder Art haben zu unterbleiben, sonst wäre über einen Ausschluß der Öffentlichkeit nachzudenken! Der nächste Zeuge ist der Polizeimeister Gert Kofeld.«

10.

Keller betrachtete bereits den bisherigen Verlauf der Ausschußsitzung als eine Katastrophe für den Innenminister. Keiner der beiden Polizisten hatte sich davon abbringen lassen, daß die Katze im Garten des Hauses und nicht etwa vor der Haustür lag. Die Versuche Gallrings und Hoberts, die Katzengeschichte des Ministers doch noch zu retten, waren gescheitert.

Nun trat der Polizeimeister Gert Kofeld vor den Ausschuß, der in der Nacht zum 23. Mai im Haus des Ministers bewacht hatte und am Morgen durch die Polizisten Mayer und Weyer abgelöst worden war. Kofeld war ein sportlich aussehender, hochgewachsener Mann von Mitte 20 und trug, wie auch seine Kollegen, seine Uniform. Als er sich auf den Zeugenplatz setze, wirkte er nach Kellers erstem Eindruck ein wenig unsicher.

Von ihm waren überdies nicht viele Informationen zu der Katze zu erwarten. Hobert und Kanz hatten auch schon gleich zu Beginn des Auftritts Kofelds angedeutet, keine Fragen stellen zu wollen. Spannend würde sicher wieder die Befragung der Feuerwehrleute und des Abdeckers nach der Mittagspause, überlegte Keller, der sich bereits Notizen über Ideen zu seinem nächsten Artikel über die Katze machte.

Der Vorsitzende erteilte dem sozialdemokratischen Obmann Saalfeld das Wort für die ersten Fragen an den Zeugen Kofeld.

»Herr Kofeld, Sie haben die Nacht vom 22. zum 23. Mai im Haus des Ministers Bernhardt verbracht?«

»Ja.«

»War der Minister in der Nacht zu Hause?«

»Nein.«

»Wo war er?«

»Er war bereits in Berlin um den Bundespräsidenten zu wählen.«

»Sie verbrachten auch die Nacht zum 24. Mai in dem Haus des Ministers?«

»Ja.«

»Und war der Minister in jener Nacht wieder zurück?«

»Er kam gegen 20:00 Uhr nach Hause.«

»Lag zu der Zeit eine strangulierte und mit Schleifchen verzierte Katze vor der Haustür des Ministers?«

»Nicht daß ich wüßte.«

»Haben Sie sich davon überzeugt?«

»Als der Minister kam, war ich im Flur und konnte die Haustür sehen. Eine tote Katze ist mir dabei nicht aufgefallen.«

»Hat der Minister an dem Abend eine tote Katze erwähnt?«

»Mir gegenüber nicht.«

»Spielte im Laufe des Abends eine tote und mit Schleifchen verzierte Katze noch irgendeine Rolle?«

»Sie meine, ob eine solche erwähnt wurde? Nein.«

»Und am nächsten Morgen? War da eine solche Katze in Sicht?«

»Nein.«

»Könnte es sein, daß Sie sich irren?«

»Im Hinblick auf meine bisherigen Aussagen? Nein.«

»Haben Sie jemals von einer strangulierten und mit Schleifchen verzierten Katze gehört?«

»Im Mai nicht, erst jetzt durch die Artikel in der Zeitung.«

»Haben Sie von der toten Katze gehört, die im Garten des Ministers gefunden wurde?«

»Ja, der Kollege Becker erwähnte sie und erzählte mir, daß die Feuerwehr sie bereits am Nachmittag weggeschafft hatte.«

»Als Sie die Artikel von der strangulierten und mit Schleifchen verzierten Katze lasen, haben Sie an den Vorfall gedacht, von Ihnen Ihr Kollege Becker erzählte?«

»Nein. Ich habe es damit nicht in Verbindung gebracht.«

»Ich danke Ihnen.«

Der Abgeordnete Gallring hatte das Wort. Auch ihm war klar, daß Kofeld zu dem eigentlichen Sachverhalt nicht viel würde beitragen können, witterte jedoch offenbar die Chance, die eine oder andere Aussage zu bekommen, die die Geschichte des Ministers wieder als möglich erscheinen lassen konnte.

»Herr Kofeld, Sie sagten, Sie seien in den Nächten um den 23. Mai herum im Haus des Ministers gewesen. Dabei sei Ihnen keine getötete Katze aufgefallen.«

»Ja.«

»Hätten Sie es gemerkt, wenn jemand in der Nacht vor die Tür des Ministers geschlichen wäre, um dort eine tote Katze abzulegen?«

»Vermutlich nicht. Ich war zwar im Erdgeschoß, sollte aber vor allem dafür sorgen, daß Nächtens niemand ins Haus eindringt.«

»Es wäre also möglich, daß jemand eine strangulierte und mit Schleifchen verzierte Katze vor die Haustür gelegt hätte, während Sie dort waren?«

»Ja, möglich wäre es gewesen. Aber ich habe keine solche Katze gesehen - nicht am Morgen des 23. Mai und auch am Morgen des 24. Mai nicht.«

»Könnte jemand in der Zwischenzeit jemand die Katze wieder weggenommen haben?«

Kofeld sah Gallring leicht verunsichert an.

»Ähem... wie bitte?«

»Naja, Sie sagten doch, es hätte jemand in der Nacht eine Katze dort hingelegt haben können, während Sie im Hause waren, ohne daß Sie es bemerkten. Dann hätte er sie doch auch wieder wegnehmen können, ohne daß Sie es merken.«

»Äh... ja.«

»Danke, ich habe keine weiteren Fragen.«

Saalfeld warf einen kurzen Blick zu Kanz, die ihren Kopf schüttelte. Saalfeld nickte ihr kurz zu, während sich Gallring mit einem zufriedenen Gesichtsausdruck wieder auf seinen Platz begab.

»Frank«, flüsterte Werries, »stellen wir keine Nachfrage?«

»Nein«, erwiderte Saalfeld ebenso leise. »Das führt zu nichts. Wir müssen nicht auf jeden Unsinn einsteigen, den Gallring hier aufbringt.«

Der Ausschußvorsitzende sah Saalfeld und Werries mißbilligend an.

»Haben Sie etwas vorzubringen, Herr Kollege, was von allgemeinem Interesse wäre?«

»Nein«, erwiderte Saalfeld.

»Gut, dann können Sie gehen oder sich unter die Zuschauer mischen, Herr Kofeld. Als nächster wäre der Polizeimeister Becker an der Reihe und damit letzter Zeuge vor der Mittagspause.«

Kofeld verließ den Sitzungsraum und Werner Becker nahm Platz, wie auch seine Kollegen in Uniform gekleidet. Nach der Belehrung durch den Vorsitzenden war wiederum Gallring an der Reihe, die ersten Fragen zu stellen.

»Herr Becker, Sie haben Ihren Kollegen Weyer abgelöst, der den Abdecker für die im Garten des Ministers aufgefundene tote Katze bestellt hatte.«

»Ja, so ist es.«

»Sie waren anwesend, als die Feuerwehr kam?«

»Ja. Die Feuerwehr kam und ich erklärte den beiden Feuerwehrleuten, wo die Katze lag. Die beiden haben sich dann das Tier angeschaut und in einen Plastiksack verpackt, mit dem sie den Kadaver abtransportierten.«

»Sie sagten, sie untersuchten das Tier?«

»Nein. Sie sahen es sich an.«

»Haben sie sich zu der geäußert?«

»Nur daß sie tot sei.«

»Wissen Sie denn inzwischen, ob jemand aus der Tierklinik, in die die Katze gebracht wurde, die Katze untersucht hat?«

»Nein, das ist mir nicht bekannt.«

Gallring blätterte zwischen seinen Notizen, während er fortfuhr.

»Sie haben das Tier auch gesehen?«, wollte er nun wissen.

»Ja, ich habe es gesehen.«

»Und haben Sie sich ein Urteil über die Todesursache gebildet?«

»Nach meiner Einschätzung ist die Katze überfahren worden. Dabei wurde sie offenbar in einer Weise verletzt, die es ihr ermöglichte, sich noch in den Garten zu flüchten und dann unter einem Strauch zu sterben. Äußere Verletzungen waren auf Anhieb nicht ersichtlich.«

»Halten Sie es für möglich, daß die Katze stranguliert wurde?«

»Ich habe keine Ahnung, ich bin kein Tierarzt. Meiner Meinung nach wurde sie einfach nur überfahren.«

Gallring sah den jungen Polizisten prüfend an.

»Die Katze lag im Garten unter dem Gebüsch?«

»Ja. Das heißt, Kollege Weyer meinte, sie sei dort aufgefunden worden. Als ich dort war, lag die Katze inzwischen vor dem Gebüsch. Der Kollege Mayer hatte sie wohl inzwischen unter dem Gebüsch hervorgeholt.«

»Und Sie haben sich ansonsten nicht weiter über die Umstände des Auffindens der Katze erkundigt?«

»Ich sah keinen Anlaß dazu.«

»Waren Sie noch anwesend, als der Minister aus Berlin nach Hause kam?«

»Nein. Ich hatte um 20:00 Uhr Dienstschluß und der Herr Minister ist wohl erst nach 20:00 Uhr angekommen.«

»Ist Ihnen aufgefallen, daß während Ihres Dienstes eine strangulierte und mit Schleifchen verzierte Katze vor dem Haus des Ministers aufgefunden wurde?«

»Die Katze wurde hinter dem Haus aufgefunden und sie war nicht mit Schleifchen verziert.«

»Ich danke Ihnen.«

Der Vorsitzende wandte sich an Saalfeld.

»Ihr Zeuge.«

»Danke. Herr Becker, Sie sagten, daß die Feuerwehrleute sich die Katze kurz angeschaut hätten. Meinen Sie, daß die Leute Zweifel bezüglich des Todes der Katze hatten?«

»Zweifel? Nein, sie meinten, sie sei tot.«

»Lassen Sie es mich anders ausdrücken: Hatten Sie den Eindruck, daß die Feuerwehrleute der Auffassung waren, daß die Todesursache der Katze in irgendeiner Form klärungsbedürftig sei?«

»Ich weiß es nicht. Nein, also wenn Sie nach meinem Eindruck fragen: Ich glaube nicht, daß sie sich da irgendwelche Gedanken gemacht hatten. Nein, das war nicht mein Eindruck.«

»Sie hatten sich vorhin sehr zurückhaltend auf die Frage des Kollegen Gallring geäußert, ob die Katze stranguliert gewesen sein könnte.«

»Ja, weil ich mich da nicht auskenne. Ich bin kein Tierarzt und habe noch nie eine Katze gesehen, die erwürgt wurde. Aber ich habe schon die ein oder andere überfahrene Katze gesehen, wenn ich zu einem Unfall gerufen wurde. Und die sahen ähnlich aus. Aber beschwören will ich es nicht, daß das die Todesursache war, denn ich kenne mich damit nicht aus.«

»Ihre Kollegen zeigten sich hier sicher, daß die Katze überfahren worden sei.«

»Ja, also das kann sein, aber ich bin da etwas unsicher und möchte hier nichts sagen, was ich nicht sicher weiß.«

Mit einem kurzen Blick zu Gallring meinte Saalfeld feststellen zu können, daß dieser es bereute, den Polizisten nicht noch mehr in die Zange genommen zu haben, was er allerdings noch nachholen könnte. Zwar stand Saalfeld nicht der Sinn danach, diese Befragung noch besonders in die Länge zu ziehen, weil er auf die Berichte der Vertreter der Tierklinik deutlich gespannter war, allerdings wollte er auch Gallring möglichst keinen Spielraum hinterlassen, die Unsicherheit des Polizisten auszunutzen.

»Sie waren ja weder dabei, als die Katze gefunden wurde, noch haben Sie der Sache an sich viel mitbekommen – außer eben der Abholung der Katze. Haben Sie mit Ihrem Kollegen Herrn Meyer noch über die Katze gesprochen?«

»Naja, nicht viel eben«, erwiderte Becker. »Ich meine, er hat mir schon erzählt, daß er mit dem Minister telephoniert habe, und daß es offensichtlich nicht dessen Katze sei, aber sonst haben wir da nicht großartig drüber gesprochen. Nachdem die Katze weg war, haben wir da eigentlich gar nicht mehr drüber gesprochen, und am Abend habe ich auch schon gar nicht mehr an die Katze gedacht.«

»Sie haben ja sicher in den letzten Tagen gehört, daß vor der Haustür des Ministers eine Katze gefunden worden sein soll, die stranguliert und mit roten Schleifchen verziert wurde.«

»Ja, das habe ich gelesen.«

»Als Sie das lasen: Haben Sie da wieder an die Katze gedacht, die im Garten des Ministers gefunden wurde?«

»Nein. Überhaupt nicht. Ich habe erst wieder an die Katze gedacht, als ich hier zum Ausschuß vorgeladen und mir gesagt wurde, was das Beweisthema ist.«

»Und jetzt, wo Sie wissen, worum es hier geht, und welche mögliche Verbindung zu den Zeitungsberichten besteht: Meinen Sie, daß mit der Katze, über die berichtet wird, jene Katze gemeint sein könnte, bei deren Abtransport Sie Zeuge waren?«

»Naja, nein, nicht so direkt. Also nein, eigentlich, die Katze hatte keine Schleifchen, soweit ich das sehen konnte.«

»Sind Sie sicher, daß die Katze keine roten Schleifchen hatte?«, setzte Saalfeld nach.

»Mir sind keine aufgefallen.«

»Hatten Sie denn genug Zeit, die Katze zu betrachten?«

»Ja, also das schon. Ein besonders schöner Anblick war das nicht.«

»Und Ihnen sind keine roten Schleifchen aufgefallen?«

»Nein, also so direkt nicht, ich meine... also ich könnte mich daran jetzt nicht erinnern.«

»Sie möchten sich auch hier nicht festlegen?«

»Naja, also ich meine, mir sind damals keine Schleifchen aufgefallen. Ich habe da aber auch nicht drauf geachtet, und die Katze war kein so wichtiges Ereignis in meinem Leben, als daß ich sie mir fest eingeprägt hätte... Einen heiligen Eid, daß die Katze keine roten Schleifchen hatte, würde ich jetzt so nicht schwören wollen.«

»Aber Sie wissen, daß die Katze im Garten lag?«

»Solange ich da war, lag sie im Garten.«

»Wurde Ihnen berichtet, daß die Katze unter dem Gebüsch aufgefunden wurde?«

»Nein, glaube ich nicht. Also, wie gesagt, viel haben wir uns über die Katze nicht unterhalten.«

»Gut, in Ordnung. Ich danke Ihnen.«

Mit einem Stoßseufzer erteilte der Vorsitzende nun dem Abgeordneten Hobert das Wort.

»Herr Becker, Sie sagten, Sie erinnerten sich nicht, ob die Katze mit Schleifchen verziert war oder nicht. Das bedeutet, es könnte sein, daß die Katze mit Schleifchen verziert war.«

»Ja, könnte sein, könnte nicht sein«, erwiderte Becker.

»Ich kann das nicht sagen. Das war kein schöner Anblick und ich habe es vermieden, die Katze genau zu betrachten.«

»Hatte die Katze ein Halsband?«

»Weiß ich nicht.«

»Welche Farbe hatte sie?«

»So eine rotbräunlich getigerte Katze war das.«

Gallring schloß mit einem leicht verzweifelten Gesicht seine Augen, während Saalfeld eifrig im Protokoll der letzten Sitzung zu blättern begann.

»Sind Sie da sicher?«

»Ja, weil ich das schon außergewöhnlich fand«, antwortete der Polizist mit fester Stimme, die keinen Zweifel daran ließ, daß er sich hieran wirklich sicher erinnerte.

»So eine Katze sieht man nicht so oft.«

Saalfeld hatte inzwischen den Passus gefunden, den er gesucht hatte, und nahm sich vor, die Feuerwehrleute nach der Farbe der Katze zu fragen.

»Haben Sie während Ihres weiteren Dienstes irgendwelche auffälligen Beobachtungen gemacht?«

»Nein«, antwortete der Polizist. »An dem Tag ist nichts weiter vorgefallen, was besonderer Erwähnung wert wäre.«

»Hatten Sie den Eindruck, daß das Haus beobachtet wurde? Ich meine, außer von Ihnen?«

»Nein, den Eindruck hatte ich nicht.«

»Waren Sie noch öfter zu diesem Dienst eingeteilt?«

»Ja, in der auf den Sonntag folgenden Woche zwei Mal.«

»Haben Sie in dieser Zeit irgendwelche ungewöhnlichen Beobachtungen gemacht?«

»Nein, habe ich nicht.«

»Herr Abgeordneter Saalfeld«, unterbrach der Vorsitzende, dem auffiel, daß Saalfeld seiner Kollegin Kanz Zeichen gab, »könnten Sie bitte aufhören, in der Luft herumzuwedeln? Sie irritieren den Zeugen. Fahren Sie fort, Herr Dr. Hobert.«

»Ja, also Herr Becker«, fuhr Hobert fort, »können Sie sich erinnern, daß der Minister die Katze Ihnen gegenüber erwähnt hat?«

»Die Katze? Nein, er hat nicht von ihr gesprochen.«

»Auch nicht von einer Katze, die stranguliert und mit Schleifchen verziert vor seiner Haustür gefunden worden sein soll?«

»Nein, er hat mit mir gar nicht über Katzen gesprochen.«

Hobert sah sich kurz um.

»Ich... danke Ihnen.«

»Verdammt«, knurrte Gallring, als Hobert sich auf dem Stuhl zurücklehnte, »das ist aber schlecht gelaufen.«

»Konnte ich denn wissen, daß es hier einen Widerspruch geben könnte?«, zischte Hobert leise zurück.

»Frau Kanz, Sie haben jetzt die Möglichkeit, Fragen zu stellen.«

Gabriele Kanz nickte Saalfeld kurz zu und wandte sich an den Polizisten.

»Ich möchte Sie noch mal nach der Farbe der Katze fragen: Sie sagten, sie war rotbraun getigert?«

»Ja. Sie hatte eine so rotbraune Farbe und dunkle Streifen. So getigert eben.«

»Das war's auch schon. Ich habe keine weiteren Fragen.«

11.

Der Vorsitzende verkündete eine einstündige Mittagspause, die durch die zügigen Befragungen eine halbe Stunde früher stattfand als erwartet. Vielen der Anwesenden war dies sichtlich recht, vor allem den Journalisten, die etwas mehr Zeit bekommen würden, sich mit ihren Redaktionen in Verbindung zu setzen und ihre Artikel für den nächsten Tag abzugeben, so auch Keller.

Keller beschloß, während der Mittagspause in der Kantine eine Kleinigkeit zu essen und dabei zu versuchen, Abgeordnete zu befragen.

In der Kantine besorgte er sich etwas zu essen und eine Tasse Kaffee. Mit dem Tablett ging er durch die schmalen Gänge zwischen den Tischen.

»Setzen Sie sich doch zu uns«, sagte Werries, als Keller den Tisch passierte, an dem er und Saalfeld saßen. Keller stellte sein Tablett auf den Tisch und setze sich zu den beiden Abgeordneten. Mit am Tisch saß zudem Kellers Kollege Karl Bemeyer.

»So sieht man sich wieder«, sagte Bemeyer grinsend.

»In der Tat«, erwiderte Keller und wandte sich an Saalfeld. »Das ist ja bislang gut gelaufen für Sie.«

»Ja«, erwiderte Saalfeld. »Man könnte sagen, daß die Geschichte von Innenminister Bernhardt zerpflückt wurde. Mich irritiert nur etwas, wie stark doch Gallring an der Katzengeschichte festhält und versucht, die Zeugen zu bewegen, des Ministers Geschichte zumindest in den Bereich des Möglichen zu rücken.«

»Tja«, meinte Bemeyer. »Loyalität.«

»Nein«, sagte Werries. »Das allein kann es nicht sein. Vielleicht will Gallring einfach den Kurs des Ministers zur Ablenkung vom eigentlichen Thema des Ausschusses nur unterstützen. Der letzte Polizist vor der Pause war ein Wackelkandidat. Er war einfach zu unsicher.«

»Das können Sie ihm nicht verübeln«, entgegnete Bemeyer. »Er ist noch nicht lange bei der Polizei und wollte sich nicht so weit aus dem Fenster hängen. Immerhin will er ja wahrscheinlich noch Karriere machen. Und wie es so aussieht, wird Bernhardt wohl sein Dienstherr bleiben. Auch nach der Katzengeschichte.«

»Sie haben insofern recht, als es der Öffentlichkeit offenbar schwer zu vermitteln ist, welcher Skandal eigentlich hinter dem Verhalten des Ministers steckt. Ich meine jetzt unbedingt die Katzengeschichte – die setzt dem ja nur ein wenig die Krone auf. Ich meine den Parteienverrat. Sie als Medienvertreter könnten da getrost ein wenig mehr Aufklärungsarbeit leisten, denn das ist doch alles keine Kleinigkeit.«

»Wir sind kein Verlautbarungsorgan der Opposition.«

»Verlangt ja auch keiner, Herr Bemeyer«, warf Saalfeld ein. »Aber letztlich haben die Medien auch die Aufgabe, kritisch zu berichten, und was ich in den Zeitungen zu diesem Thema gelesen habe, fand ich recht dürftig.«

»Nun...«, meinte Keller. »Das Problem liegt darin, daß Sie bei solchen spezifischen Themen keine Öffentlichkeit herstellen können. Sie werden merken, daß über die Katzengeschichte deutlich mehr gesprochen werden wird als über den Parteienverrat. Sie können den Menschen nicht so einfach vermitteln, worin das Problem liegt, wenn ein Anwalt bei einer Scheidung erst für den Mann und dann für die Frau arbeitet.

Wenn Sie zum Beispiel als Minister einen Einkaufswagenchip auf Ihrem Behördenpapier empfehlen, bekommen Sie damit ganz leicht die Öffentlichkeit gegen sich aufgebracht, weil da jeder sofort den Mißbrauch und die Vetternwirtschaft sieht. Das ist ja auch unmittelbar im politischen Bereich geschehen. Wenn jemand, wie Bernhardt, als Anwalt erst die eine und dann die andere Seite bei einer Scheidung vertritt, dann verstehen die Menschen nicht, was das mit seinem Amt zu tun haben soll.«

»Gruseliger Gedanke«, erwiderte Werries, »aber ich fürchte, daß Sie damit sogar recht haben. Jedoch wenn das so ist, dann ist die Geschichte mit der Katze eine Dummheit, vor allem, wenn er jetzt der Lüge überführt wird, wonach es ja aussieht. Wie will er sich da eigentlich wieder rauswinden?«

»Das muß er vielleicht gar nicht«, entgegnete Bemeyer, »denn bislang fährt er doch gut mit seiner Strategie, dem Ausschuß einen Happen nach dem anderen vorzuwerfen und zuzuschauen, wie Sie sich verzetteln. Die Einbrüche, der Verfolger... Immerhin haben Sie jetzt schon 22 Polizisten vor dem Ausschuß antreten lassen, die Polizeibeamte, die heute vor dem Ausschuß ausgesagt haben, mitgezählt.«

Saalfeld seufzte.

»Das Problem ist, daß Sie als Opposition den Kurs des Ausschusses nicht alleine bestimmen können, sondern daß die Ausschußmehrheit ihnen kräftig dazwischenfunkt. Sie haben Minderheitenrechte im Ausschuß, die Mehrheit hat aber auch Rechte. Ich sehe da ein Dilemma, das nicht lösbar ist. Auf der einen Seite ist es wichtig, daß die Minderheit in einem Ausschuß ihre Interessen durchsetzen kann, sonst können Sie den Ausschuß gleich ganz vergessen. Ohne Minderheitenrechte tanzt Ihnen die Mehrheit auf der Nase herum, und dann kann man sich den Ausschuß schenken.

Auf der anderen Seite kann natürlich die Mehrheit den Ausschuß mit ihren Anträgen überfrachten und irgendwann steigt dann in der Öffentlichkeit niemand mehr durch, worum es im Kern geht. Die Aussage, die am Ende des Ausschusses steht, ist eine politische, und das ist ja auch der Sinn der Sache. Aber ich fürchte, daß die Aussagen im Minderheits- und Mehrheitsvotum allenfalls die Politikwissenschaften interessieren. In den Medien wird das mal kurz mitgeteilt und dann fragen Sie die Wähler/innen mal in einem Jahr nach den Ergebnissen. Die wenigsten werden dann noch wissen, daß es überhaupt einen Ausschuß gegeben hat.«

»Ja, Herr Saalfeld, das ist schon wahr. Aber letztlich bleibt es doch der Politik unbenommen, Konsequenzen aus den Erkenntnissen der Ausschüsse zu ziehen.«

»Das ist ja in der Vergangenheit durchaus schon passiert. Denken Sie an den Flick-Ausschuß, der seine Spuren in der Parteienfinanzierung hinterlassen hat. Da liegt aber auch noch vieles im Argen. Letztlich erzeugen Ausschüsse doch nur dann eine wirkliche Öffentlichkeit, wenn sie im Vollzug auf Skandale stoßen, die von den Medien aufgegriffen, also medientauglich sind. Alles andere, insbesondere der Bericht, verpufft doch.«

»Sie können letztlich nur bei großen Ausschüssen erwarten, daß es politische Konsequenzen gibt, die nachwirken, nicht bei Ausschüssen, die sich mit persönlichem Fehlverhalten einzelner in einer Detailfrage befassen, wie wir es bei Minister Bernhardt haben«, warf Werries ein. »Der Untersuchungsausschuß ist die Waffe der Opposition, aber es ist eine unsichere Waffe, die sich leicht als stumpfes Schwert herausstellen kann.«

»Meinen Sie, man hätte auf diesen Ausschuß oder auf vergleichbare Ausschüsse ganz verzichten sollen?«, hakte Keller nach.

»Selbstverständlich nicht«, antwortete Werries. »Nur bin ich mir nicht immer sicher – entschuldigen Sie, wenn ich Ihnen da jetzt zu nahe trete –, ob die ständig begleitende Öffentlichkeit den Ausschüssen nutzt oder schadet. Frank sagte ja eben schon richtigerweise, daß die Öffentlichkeit vor allem dann hinschaut, wenn es während der Sitzungen aufregende Neuigkeiten gibt, die von den Medien aufgegriffen werden. Gucken Sie doch nur mal den heutigen an: So viele Medienvertreter wie heute hatten wir während einer öffentlichen Sitzung schon lange nicht mehr. Aber es geht heute auch nicht um den Parteienverrat des Herrn Minister, sondern um diese unsägliche Katzengeschichte, die ich ohnehin nur für ein Ablenkungsmanöver halte. Wenn ich mir die Präsenz Ihrer Kollegen heute anschaue, kann ich nur sagen: Ein erfolgreiches Ablenkungsmanöver.«

Keller nickte zustimmend.

»Sie sind da gar nicht so alleine. Wir Journalisten haben das Problem auch öfters: Wir recherchieren eine Geschichte und halten sie für wichtig, und dann kommt zuweilen der Redakteur und sagt, daß das die Leser nicht interessiert oder daß die Leser das nicht nachvollziehen können und sagen: »Was ist das für ein Mist?« - Am Ende landet die Geschichte im Papierkorb, obwohl sie wohl wert gewesen wäre, erzählt zu werden.«

»Ja, das merkt man«, erwiderte Saalfeld. »Als der Ausschuß startete und es um den Parteienverrat ging, waren am Anfang viele Medien vor Ort. Aber bereits nach den ersten Sitzungen, und als sich zeigte, daß es hier um Detailarbeit geht, ließ das Interesse nach. Was auf Seite eins startete, rutsche in den Medien immer weiter nach hinten, bis der Minister Herrn Keller die Geschichte mit der Katze erzählte. Plötzlich interessiert man sich bei den Medien wieder für den Ausschuß. Wenn die große Sensation vorbei ist - entschuldigen Sie meinen Pessimismus -, wird auch die Katzengeschichte wieder in Vergessenheit geraten.«

»Sie kommen doch einfach nicht um die Erkenntnis herum«, meinte Bemeyer, »daß die Katzengeschichte allein kein Rücktrittsgrund für einen Minister ist. Und selbst wenn Sie den Parteienverrat und die anderen Kleinigkeiten, über die Sie verhandeln, dazurechnen, werden Sie keinen solchen öffentlichen Druck erzeugen, der den Minister dazu bewegen wird, den Hut zu nehmen, oder Ministerpräsident Kellner dazu veranlassen wird, seinen Freund in die Wüste zu schicken. Sie können den Minister beschädigen, aber nicht abservieren.«

»Es geht aber doch ums Prinzip«, sagte Werries. »Kann ein Mann Innenminister sein, der als Anwalt Parteienverrat begeht? Kann ein solcher Mann wirklich der Dienstherr der Polizei sein, wenn ihm rechtliche Grundsätze seines eigenen Berufsstandes so egal sind, wie er es hier im Ausschuß immer wieder zeigt?«

»Die Frage müssen die Wähler beantworten.«

»Nein, die Wähler werden allenthalben die Frage beantworten, nach welchen programmatischen Grundsätzen Politik gemacht werden soll. Sie werden kaum einen Wähler finden, der seine Wahlentscheidung allein an der Frage festmacht, ob er Bernhardt noch für tragbar hält oder nicht.«

»Aber daran können Sie auch nichts ändern. Was wäre denn die Alternative?«

Werries hob seine Schultern.

»Das weiß ich auch nicht. Hätte ich die Antwort darauf, läge sie schon längst im Landtag als Gesetzentwurf vor. Aber eines ist sicher: Ich werde mich weiter dafür einsetzen, daß es nicht egal ist, was der werte Herr Minister als Anwalt getan hat. Vermutlich ist dies ohnehin der einzige Weg: Öffentlichkeit erzeugen und versuchen, ein Bewußtsein dafür zu schaffen, worum es im Kern geht.«

Saalfeld sah auf die Uhr.

»In einer Viertelstunde geht die Sitzung weiter. Wir sollten nicht zu spät kommen.«

12.

Die Unruhe, die nach dem Zusammentritt des Ausschusses nach der Mittagspause im Sitzungssaal herrschte, ebbte ab, als der Vorsitzende die Sitzung wieder eröffnete. Nach der Feststellung, daß es keine weiteren Erklärungen oder Nachträge zur Anhörung am Vormittag gab, wurde der nächste Zeuge in den Sitzungssaal gebeten: Feuerwehrmann Klaus Schneider, der mit seiner Kollegin Heike Hauser die Katze vom Anwesen des Ministers abgeholt hatte.

Schneider war ein kräftiger Mann, der in seiner Uniform als Feuerwehrmann auftrat. Er setzte sich an den Tisch und machte die üblichen Angaben.

Die Erkenntnis, daß es zu der Geschichte mit der Katze eigentlich nichts mehr zu sagen gab, schlug sich auch in der leichten Resignation in der Stimme des Ausschußvorsitzenden nieder, als dieser dem Obmann der Sozialdemokraten das Wort erteilte. Saalfeld ging, bewaffnet mit seinen Notizen, zum Pult herüber.

»Herr Schneider, Sie haben mit Ihrer Kollegin die Katze aus dem Garten des Herrn Ministers Bernhardt geholt.«

»Ja, so ist es.«

»Sie können sich an den Vorfall erinnern?«

»Ja, denn es kommt nicht alle Tage vor, daß man zum Garten des Innenministers gerufen wird, um eine tote Katze abzutransportieren.«

»Ja, das kann ich mir vorstellen. Können Sie sich denn auch noch daran erinnern, wie diese Katze aussah?«

»Ja. Es war eine rotbraune, leicht getigerte Katze gewöhnlicher Größe. Ich vermute, daß sie überfahren wurde und es noch bis in den Garten geschafft hat.«

»Sind Ihnen irgendwelche Besonderheiten an der Katze aufgefallen?«

»Nein, aber ich habe mich auch nicht so lange mit ihr beschäftigt. Meine Kollegin wird Ihnen da bessere Auskunft geben können, denn sie hat in einer Tierarztpraxis gearbeitet, bevor sie zur Berufsfeuerwehr kam.«

Aus dem Augenwinkel konnte Saalfeld erkennen, daß Gallring und Hobert über diese Mitteilung nicht erfreut waren. Im Gegensatz zu seiner bisherigen Aufmerksamkeit, die der Vorsitzende gegenüber den Vertretern der Opposition im Ausschuß walten ließ, unternehmen er jedoch nichts gegen das Getuschel, das jetzt zwischen den konservativen und liberalen Vertretern im Ausschuß einsetzte. Unbeirrt davon setzte Saalfeld seine Befragung des Zeugen fort.

»Und als Laie, Herr Schneider: Ist Ihnen da etwas an der Katze aufgefallen?«

Der Zeuge erkannte, worauf die Frage zielte.

»Falls Sie auf die roten Schleifen anspielen, über die in den Medien berichtet werden: Nein, an der Katze waren keine Schleifen zu sehen. Sie war so, wie die Natur sie geschaffen hatte.«

»Sie haben also die Katze am Haus des Ministers abgeholt. Wie ging das vor sich?«

»Nun, wir haben die Katze in einen dafür bestimmten Plastiksack getan und sie zur Tierkling am Hagenberg gebracht. Dort haben wir die Katze an den anwesenden Veterinär übergeben.«

»Und hat er sich in Ihrer Gegenwart die Katze angeschaut.«

Schneider schüttelte seinen Kopf.

»Nein. So lange haben wir nicht gewartet. Wir haben einfach den Sack übergeben und sind dann wieder zur Station zurückgefahren.«

»Gut. Ich danke Ihnen.«

Saalfeld wollte die Befragung nicht unnötig in die Länge ziehen, zumal er sich von der Kollegin Schneiders mehr nützliche Informationen erhoffte. Auf dem Weg zurück zu seinem Platz stellte er fest, daß sich die Aufregung bei Gallring und dessen Kollegen wieder gelegt hatte. Der Ausschußvorsitzende erteilte Gallring das Wort, und dieser schritt entschlossen um Pult um jede Blöße zu vermeiden.

»Herr Schneider«, hob er an. »Sie haben eben gesagt, daß die Katze so im Garten gelegen habe, wie Gott sie geschaffen habe.«

»Wie die Natur sie geschaffen hat. Ja.«

»Haben Sie denn in Erwägung gezogen, daß die Katze auch eines nicht natürlichen Todes gestorben sein könnte?«

»Nun... also um das Ableben der Katze habe ich mir eigentlich gar keine Gedanken gemacht.«

Das Lachen im Publikum traf sofort auf die strafenden und ärgerlichen Blicke des Vorsitzenden, woraufhin sofort wieder Ruhe einkehrte.

»Meinen Sie, daß die Katze überfahren wurde?«, wollte Gallring wissen.

»Ich weiß es nicht. So genau habe ich sie mir nicht angesehen. Aber ich kann Ihnen versichern, daß die Katze tot war und keine Schleifchen trug.«

»Ich danke Ihnen«, knurrte Gallring und kehrte zu seinem Platz zurück. Kanz und Hobert verzichteten auf weitere Fragen, was der Ausschußvorsitzende mit einer sichtbaren Erleichterung zur Kenntnis nahm.

Mit einem Blick um sich herum konnte Keller überdies feststellen, daß nicht alle Journalisten nach der Mittagspause in den kleinen Saal zurückgekehrt waren und es somit einige freie Plätze gab. Auch beim sonstigen Publikum der öffentlichen Sitzung hatte es über die Mittagszeit einen beachtlichen Schwund gegeben. Die bisherigen Aussagen waren so eindeutig, daß das Publikum offensichtlich keine neuen Erkenntnisse vom Fortgang des Verfahrens erwarteten.

Der Vorsitzende des Ausschusses rief Schneiders Kollegin Heike Hauser auf. Die vierzigjährige Frau erschien wie Ihr Kollege in Uniform. Sie hatte ihre dunkelblonden Haare zu einem Pferdeschwanz gebunden und machte insgesamt einen sehr resoluten Eindruck auf die Anwesenden.

Der Präsident erteilte Gallring das Wort, und dieser nahm seinen Platz am Pult ein.

»Wir haben eben von Ihrem Kollegen erfahren, daß Sie in einer Tierarztpraxis gearbeitet haben. Das trifft so zu?«

»Ja, als Tierarzthelferin.«

»Haben Sie die Katze untersucht, bevor Sie sie abtransportiert haben?«

»Untersucht? Ich hatte den Auftrag, die Katze in die Tierklinik zu bringen und sie nicht zu untersuchen. Natürlich habe ich mir die Katze angesehen, aber untersucht habe ich sie nicht.«

»Vom Ansehen... wie würden Sie den Zustand des Tieres beurteilen?«

»Es war tot.«

»Ja, das ist mir klar. Aber konnten Sie sehen, ob das Tier überfahren worden war?«

»Vermutlich ja. Es waren allerdings keine äußeren Verletzungen zu sehen. Es könnte auch aus Altersschwäche gestorben sein.«

»Meinen Sie, das Tier war so alt?«

»Ich weiß es nicht. So genau habe ich es mir nicht angeschaut.«

»Haben Sie irgendetwas Außergewöhnliches an der Katze bemerkt?«

»Nein. Es war eine ganz normale Katze.«

»Ich danke Ihnen.«

Leicht überrascht, daß Gallring nicht erneut versucht hatte, die Zeugen zu einer Aussage zugunsten der Geschichte des Ministers zu bewegen, nahm Saalfeld den Platz am Pult ein.

»Wir haben von Ihrem Kollegen schon einiges erfahren sowie von den Zeugen, die vor Ihnen an der Reihe waren. Deshalb werde ich mich kurzfassen. Eben erklärten Sie, daß Sie in einer Tierarztpraxis gearbeitet haben. An diesem Arbeitsplatz werden Sie doch sicher auch tote Katzen zu sehen bekommen haben.«

»Ja, leider so einige«, erwiderte Hauser.

»Überfahrene Katzen?«

»Die meisten Katzen, die wir nicht mehr retten konnten, waren wohl überfahren worden.«

»Und die Katze, die Sie hier im Garten des Ministers abgeholt haben, unterschied sie sich von den Katzen, die Sie während Ihrer Zeit in der Tierarztpraxis gesehen haben, und die offenbar überfahren worden waren?«

»Wenn Sie ein medizinisches Gutachten wünschen, müssen Sie die Katze von einem Tierarzt untersuchen lassen. Soweit ich gesehen habe, war sie entweder angefahren oder aus Altersschwäche gestorben.«

»Es besteht die Möglichkeit, daß eine Katze angefahren wird, ohne daß sie äußere Verletzungen zeigt?«

»Ja, wenn sie schwere innere Verletzungen davongetragen hat. Dies ist manchmal von außen nicht zu sehen.«

»Dann noch eine letzte Frage: Welche Farbe hatte die Katze? Können Sie sich daran noch erinnern?«

»Ja, es war eine rostbraune, getigerte Katze.«

»Ich danke Ihnen.«

Der Vorsitzende entließ die Zeugin, während Saalfeld an seinen Platz zurückkehrte. Erwartungsgemäß hatte die Vernehmung der Feuerwehrleute nicht besonders lange gedauert, weil sie nur kurz mit der Katze zu tun hatten. Es trat nun eine kurze Pause ein, weil Gallring meinte, etwas mit dem Vorsitzenden verhandeln zu müssen. Gabriele Kanz kam von ihrem Platz herüber zu den beiden Sozialdemokraten.

»Ist ja recht gut gelaufen«, sagte sie leise. »Sollen wir vielleicht auf die beiden anderen Zeugen verzichten? Was sollen wir denn noch Neues von ihnen erfahren?«

»Ich bin dagegen, auf die Zeugen zu verzichten«, erwiderte Saalfeld. »Sie werden unsere Position stärken und den Minister in noch größere Erklärungsnot bringen. Außerdem möchte ich es Gallring nicht ersparen, sich die Zeugen auch noch anzuhören.«

Kanz lächelte leicht.

»Da haben Sie nun auch wieder recht.«

»Vermutlich verhandelt Gallring gerade mit Stubben darüber, das Verfahren abzukürzen und die letzten beiden Zeugen nach Hause zu schicken«, meinte Werries. In dem Moment kehrte Gallring an seinen Platz zurück, blieb jedoch stehen und klappte das Mikrophon in seine Richtung.

»Herr Gallring möchte gerne einen Antrag einbringen«, sagte der Vorsitzende. »Bitte sehr, Herr Gallring.«

»Angesichts der Sachlage möchte ich den Antrag einbringen, die Zeugenanhörung zu schließen und über die Ergebnisse zu beraten. Dabei können wir auch diskutieren, ob die Einvernahme weiterer Zeugen notwendig ist.«

»Herr Saalfeld«, sagte der Vorsitzende, und dieser klappte ebenfalls ein Mikrophon in seine Richtung.

»Ich lehne diesen Antrag ab. Die Zeugen sind bereits anwesend und ich halte es für unnötig, ihnen den Weg hierher noch einmal zuzumuten. Wir haben auch noch ausreichend Zeit und es besteht somit kein Grund, auf die Fortsetzung der Zeugenanhörung zu verzichten.«

»Frau Kanz?«

»Ich schließe mich Herrn Saalfeld an.«

»Herr Hobert?«

»Ich schließe mich Herrn Gallring an. Und bitte um Abstimmung.«

»Haben Sie Angst, Herr Gallring?«, rief Werries in den Raum.

»Unsinn«, fauchte Gallring. »Ich will uns nur diese Zeitverschwendung ersparen.«

»Wir haben das Recht, diese Zeugen noch zu hören.«

Der Vorsitzende seufzte.

»Lassen Sie uns eine Einigung erzielen und das nicht streitig entscheiden«, appellierte er anschließend an die Anwesenden. Gallring warf einen vernichtenden Blick zu Werries. Ihm war offensichtlich klar, daß es in der Öffentlichkeit kein gutes Bild abgeben würde, wenn die Ausschußmehrheit die Zeugenanhörung jetzt gegen den Willen der Opposition beendete.

»Herr Saalfeld soll seine Zeugen noch befragen«, knurrte er. »Aber er trägt die Verantwortung dafür, wenn nichts dabei herauskommt.«

»Mein lieber Herr Gallring«, erwiderte Saalfeld mit ruhiger Stimme. »Mein Eindruck ist, daß Sie tatsächlich Angst vor dem haben, was dabei noch herauskommen kann. Ein erfreulicher Tag war dies bislang wirklich nicht für Sie. Aber die Zeugen sind jetzt hier, und somit sollten sie auch jetzt gehört werden. Sie sprechen doch sonst so gerne vom Sparen von Steuergeldern. Wollen Sie den Zeugen für den heutigen Tag und für die spätere Anhörung noch einmal Entschädigung für den Arbeitsausfall zahlen, den sie durch ihr Erscheinen hier haben?«

»Sie diskutieren aber auch gerne weiter, wenn es nicht zu diskutieren gibt, nicht wahr? Ich habe Ihnen doch schon gesagt, daß Sie sich Ihre Zeugen anhören können! Schauen Sie doch mal auf die Zuschauerbänke! Denen wird Ihr Trauerspieler auch langsam zu langweilig.«

»Wir haben schon vor viel weniger Zuschauern hier verhandelt.«

»Meine Herren«, fuhr der Vorsitzende dazwischen. »Der Antrag ist doch gar nicht mehr streitig. Also setzen wir die Zeugenanhörung fort. Es sind ja ohnehin nur noch zwei Zeugen, die wir uns vor uns haben.«

Saalfeld nickte zustimmend und Gallring ließ sich mit einer unverständlichen Bemerkung auf seinen Stuhl fallen. Der Vorsitzende ließ den nächsten Zeugen aufrufen.

13.

Dr. Wolfgang Hofpage war der Tiermediziner, der die tote Katze von den Feuerwehrleuten entgegengenommen hatte. Der hagere Veterinär trug einen dezenten grauen Anzug und wirkte eher unscheinbar. Er setzte sich auf den Zeugenplatz und sah sich kurz um. Offenbar war dies das erste Mal, daß er vor einen parlamentarischen Untersuchungsausschuß geladen war.

»Nennen Sie bitte Ihren Namen und Ihren Beruf«, sagte der Vorsitzende.

»Wolfgang Hofpage«, erwiderte der Veterinär mit einer angenehmen, aber leisen Stimme. »Tierarzt.«

»Ich erteile dem Abgeordneten Saalfeld das Wort für die Befragung.«

»Herr Dr. Hofpage«, hob Saalfeld an. »Sie haben den Kadaver der Katze aus dem Garten des Ministers Bernhardt am 23. Mai dieses Jahres von den Feuerwehrleuten Schneider und Hauser entgegengenommen.«

»Ja, so ist es.«

»Wurde Ihnen von den Feuerwehrleuten mitgeteilt, daß es sich um eine Katze handelte, die am Haus des Ministers gefunden wurde?«

»Ja, das haben die beiden erwähnt.«

»Und Sie können sich noch an die Katze erinnern?«

»Ja, selbstverständlich. Es wird nicht jeden Tag eine tote Katze abgegeben, die im Garten eines Hauses eines Ministers liegt.«

»Ist Ihnen an der Katze etwas Besonderes aufgefallen? Haben Sie sie untersucht?«

»Nicht direkt untersucht, aber doch eingehender betrachtet. Es handelte sich offenbar um ein Tier, das von einem Fahrzeug überfahren wurde. Offenbar wurde es nicht gleich getötet, sondern konnte sich noch in den Garten schleppen, wo es dann verstarb. Sie zeigte zwar keine äußeren Verletzungen, wies aber einige Knochenbrüche auf, die auch ohne Röntgenuntersuchung festzustellen waren.«

»Sind Sie sicher, daß die Katze überfahren wurde?«

»Ja, das war recht eindeutig zu sehen.«

»War an der Katze sonst noch etwas Besonderes?«

Der Tiermediziner überlegte eine Zeitlang.

»Nein, nicht daß ich wüßte. Was meinen Sie genau?«

»War die Katze zum Beispiel mit roten Schleifchen verziert?«

»Nein.«

»Ist es üblich, daß überfahrenen Katzen bei Ihnen vorbeigebracht werden, um diese zu beseitigen?«

»Bei Unfällen ist dies durchaus üblich. Wenn nicht ermittelt werden kann, wem die Katze gehört, werden die Kadaver von der Polizei oder von der Feuerwehr bei uns vorbeigebracht, damit wir sie sachgerecht entsorgen.«

»Die Katze soll unter dem Gebüsch gelegen haben, sagte uns ein Zeuge. Halten Sie das für plausibel?«

»Ja, Katzen verstecken sich nicht selten, wenn Sie spüren, daß Ihr Ende gekommen ist.«

Saalfeld warf einen kurzen Blick zu Keller, der sich, wie auch seine Kollegen, Notizen machte. Dr. Hofpage wirkte ein wenig nervös und spielte während seiner Aussagen mit einem Kugelschreiber herum, der auf dem Tisch des Zeugenplatzes lag, was der Seriosität seiner Aussagen in Saalfelds Augen keinen Abbruch tat. Er trat zumindest sicherer auf als der Polizist, der unmittelbar vor der Mittagspause seine Aussage gemacht hatte.

»Herr Dr. Hofpage, Sie sagten, daß Sie die Katze untersucht haben. Haben Sie vielleicht irgendwelche Spuren bemerkt, die darauf hindeuten könnten, daß die Katze stranguliert wurde?«

»Nein, solche Spuren sind mir nicht aufgefallen.«

»Wäre es möglich jetzt noch festzustellen, ob die Katze stranguliert worden ist?«

»Nein, denn die Katze wurde inzwischen eingeäschert.«

»War die Katze schon lange tot?«

»Die Totenstarre war noch nicht ganz abgeklungen, insofern dürfte sie etwa seit dem frühen Morgen dort gelegen haben. Genau kann ich das natürlich nicht sagen, weil wir sie nicht seziert haben.«

»Ich danke Ihnen für die Aussage.«

Eine leichte Unruhe hatte im Publikum um sich gegriffen und der Vorsitzende sorgte für Ruhe bevor er dem Abgeordneten Gallring das Wort für seine Fragen erteilte.

»Herr Dr. Hofpage, Sie sagten, sie hätten die Katze nicht seziert. Warum nicht?«

»Weil keine Veranlassung vorlag. Wir sezieren Tiere nur, wenn wir den Auftrag dazu haben, von den Besitzern oder von der Polizei. Das war hier nicht der Fall, also hat unser Abdecker, Herr Kreisler, die Katze vorschriftsmäßig eingeäschert, ohne daß vorher eine Autopsie stattgefunden hätte.«

»Sie sagten, Sie Katze sei nicht stranguliert worden. Sind Sie da absolut sicher oder können Sie das eher nicht so genau sagen, weil Sie die Katze nicht so genau untersucht hatten?«

»Noch ein wenig suggestiver ging es wohl nicht«, flüsterte Werries Saalfeld zu.

»Die Katze ist einem Unfall zum Opfer gefallen«, antwortete Hofpage ruhig. »Es war ein eindeutiger Fall, der keiner eingehenderen Untersuchung bedurfte. Ich habe zwar keine detaillierte Untersuchung vorgenommen, aber Sie können mir glauben, daß ich es auch bei einer oberflächlichen Untersuchung erkenne, ob eine Katze überfahren wurde oder auf andere Art ums Leben kam.«

»Aber es wäre doch denkbar, daß jemand die Katze stranguliert und dann überfahren hätte?«

Für einen kurzen Moment konnte sich Dr. Hofpage einen zweifelnden Blick auf Gallring nicht verkneifen.

»Denkbar ist vieles, aber warum sollte jemand so etwas tun? In diesem Fall kann ich Ihnen allerdings versichern, daß die Katze nur den Unfall hatte. Der Hals der Katze war unauffällig, soweit ich mich erinnere.«

»Sind Sie der Meinung, daß die Katze unter dem Gebüsch verendet ist?«

»Ja.«

»Sind Sie sicher?«

»Nein.«

Die leichte Heiterkeit, die daraufhin im Publikum ausbrach, wurde vom Ausschußvorsitzenden sofort wieder unterbunden.

»Es könnte also sein«, setzte Gallring nach, »daß die Katze woanders gestorben ist?«

»Ja, das kann ich nicht beurteilen. Ich habe die Katze schließlich nicht die ganze Zeit begleitet, während sie starb.«

»Es könnte also auch sein, daß sie zunächst mit Schleifchen verziert vor der Haustür des Ministers lag, dann aber in den Garten geschafft wurde, nach dem die Schleifchen abgenommen wurden.«

»Das könnte sein«, antwortete der Tierarzt. »Allerdings ist der Teil der Behauptung des Herrn Ministers, daß die Katze vorher stranguliert worden sei - wie man es in der Zeitung lesen konnte - unzutreffend. Die Katze wurde nicht stranguliert, sondern nur überfahren.«

»Wie können Sie sich so sicher sein, daß die Katze nicht auch stranguliert wurde?«

»Sehen Sie, Herr Gallring, ich bin nicht erst seit ein paar Tagen Tierarzt, sondern seit 20 Jahren. Ich habe schon viele tote Katzen gesehen und untersucht, die einem Unfall zum Opfer gefallen sind. Zwar habe ich kein Gutachten zu der Katze gestellt, aber ich sehe mir alle Katzen an, die bei uns abgeliefert werden. Bei dieser Katze ist der Befund, wie ich ihn oben erwähnte. Zwar kann ich mich nicht an alle Details erinnern, aber die wesentliche Todesursache dürfte der Unfall gewesen sein. Alles andere ist Spekulation.«

»Ja«, brummte Gallring, dem offensichtlich der inzwischen ungeduldige Tonfall des Tiermediziners nicht entgangen war, »dann danke ich Ihnen für Ihr Erscheinen.«

Der Obmann der Liberalen winkte sofort ab, als ihm der Vorsitzende das Wort erteilen wollte, und so ging das Wort an Gabriele Kanz.

»Herr Dr. Hofpage«, sagte sie. »Zu dem, was wir hier eben erlebt haben, habe ich nur noch eine Frage: Wurden an jenem Tag eventuell noch eine zweite Katze aus der Umgebung des Hauses des Ministers bei Ihnen vorbeigebracht, die zu beseitigen war?«

»Nein. Ich habe an jenem Tag keine weitere tote Katze aus einem Unfall beseitigt, und auch keiner von meinen Kollegen aus unserer Klinik.«

»Können Sie ausschließen, daß jemand aus einer anderen Klinik die tote Katze geholt hat?«

»Nein, das kann ich nicht. Zwar werden in diesem Einzugsgebiet verendete Tiere normalerweise zu uns gebracht, aber möglich ist, daß eine eventuelle zweite Katze von jemandem anderes entsorgt wurde. Möglich wäre auch, daß jemand eine weitere Katze irgendwo verscharrt hat.«

Kanz wandte sich zu Gallring.

»Ich nehme an, daß Sie nicht die ganze Umgebung nach der toten Katze mit Schleifchen umgraben lassen wollen?«

Gallring brummte etwas Unverständliches, während im Publikum erneut Heiterkeit ausbrach.

»Ich bitte das Publikum darum, Bekundungen jeder Art zu unterlassen«, herrschte der Vorsitzende die Journalisten an. »Frau Kanz, befragen Sie bitte den Zeugen und nicht die Kollegen.«

»Ich habe keine weiteren Fragen.«

Der Zeuge wurde entlassen und mit Albert Kreisler der letzte Zeuge aufgerufen. Nun betrat ein älterer, in einen dezenten grauen Anzug gekleideter Mann mit vollständig ergrauten Haaren den Saal. Als er seinen Namen und seinen Beruf nannte, war ein leichter sächsischer Dialekt zu hören.

Diesmal bekam wieder der Abgeordnete Gallring das Wort für die ersten Fragen an den Zeugen.

»Herr Kreisler, ich werde es denkbar kurz machen: Sie haben die Katze, die vor dem Haus des Ministers gefunden wurde, eingeäschert?«

»Ja, das habe ich.«

»Können Sie sich an die Katze erinnern?«

»Ungefähr ja.«

»Und das bedeutet?«

»An dem Tag hatte ich mehrere Katzen einzuäschern.«

»Auch eine Katze, die mit Schleifchen verziert war?«

»Nein.«

»Können Sie mir etwas zur Beschaffenheit der Katze sagen, die im Garten des Hauses des Ministers lag?«

»Sie dürfte tot gewesen sein, sonst wäre sie nicht eingeäschert worden.«

»Ich danke Ihnen.«

»Herr Saalfeld hat das Wort«, sagte der Vorsitzende.

»Herr Kreisler, Sie hatten an dem Tag mehrere Katzen einzuäschern?«

»Ja«, erwiderte Kreisler. »Ich habe, bevor ich herkam, in die Unterlagen geschaut: Bei uns waren zwei Katzen gestorben, drei weitere waren uns vor dem Wochenende von Katzenbesitzern gebracht worden, die sie tot vorgefunden hatten, eine weitere am Montag und eben die Katze, die am Sonntag beim Minister im Garten abgeholt worden war.«

»Sie haben die Katzen am Montag eingeäschert?«

»Ja, sonntags werden keine Tiere eingeäschert.«

»Sie haben selbst keine konkrete Erinnerung an die Katze?«

»Nein, das ist Routine. Ich kann mir nicht jedes Tier merken, das bei uns durch den Ofen geht. Wir haben ja nicht nur Katzen ordnungsgemäß zu entsorgen.«

»Ich danke Ihnen.«

Hobert und Kanz lehnten es ab, dem Zeugen noch Fragen zu stellen, und so konnte auch Kreisler den Sitzungssaal verlassen. Der Vorsitzende schloß die Sitzung.

Die Mitglieder des Ausschusses, die der Opposition angehörten, traten zusammen und unterhielten sich, während Journalisten versuchten, Abgeordnete zu befragen.

Der Abgeordnete Gallring improvisierte eine kurze Pressekonferenz auf der er mitteilte, daß die Sitzung nach seiner Einschätzung keine neuen Erkenntnisse gebracht habe und es nach wie vor möglich sei, daß die Katze stranguliert und mit Schleifchen verziert vor dem Haus des Ministers gelegen habe könne. Insbesondere die einvernommenen Polizisten hätten nicht ausschließen können, daß die Katze zunächst mit Schleifchen verziert vor der Haustür gelegen habe, bevor sie unter das Gebüsch in den Garten gelegt wurde.

Zwar hätten sich die Polizisten sicher gezeigt, daß es sich um einen Unfall handelte, doch nicht einmal der Tierarzt hätte mit letzter Sicherheit ausschließen können, daß doch eine strangulierte und mit Schleifchen verzierte Katze vor der Tür des Ministers gelegen habe. Keller und Bemeyer grinsten einander während dieser Ausführungen an.

Schließlich gab auch noch Frank Saalfeld eine kurze Erklärung ab, in der er betonte, daß die Zeugenaussagen die Behauptungen des Ministers schlüssig widerlegt hätten. Er forderte den Minister auf klarzustellen, was es eigentlich mit der Katzengeschichte auf sich habe und wieso er sie in die Welt gesetzt habe. Abschließend wünschte er den Journalisten noch ein schönes Wochenende.

14.

Als Keller den Landtag verließ und die Straße entlang zu dem Parkhaus lief, in dem er seinen Wagen abgestellt hatte, traf er auf den Polizisten Gerd Mayer, der ebenfalls auf dem Weg zum Parkhaus war. Meyer hatte sich nach seiner Aussage entschlossen, im Publikum den weiteren Verlauf der Befragungen zu beobachten.

»Darf ich Ihnen noch ein paar Fragen stellen?«

Meyer sah sich kurz um.

»Wenn wir im Parkhaus sind – ja«, erwiderte er dann. So

gingen die beiden schweigend die Straße entlang, wobei Meyer sich bemühte, etwas Abstand zwischen sich und dem Journalisten zu bringen um den Eindruck zu vermeiden, daß sie zusammen zum Parkhaus gingen. Keller, der diese Absicht bemerkte, ließ sich daraufhin etwas weiter zurückfallen, wobei er jedoch die Möglichkeit im Auge behielt, den Polizisten schnell wieder einzuholen, falls sich dieser vor den Fragen drücken wollte. Doch seine Befürchtungen waren gegenstandslos. Im Parkhaus wartete Meyer am Aufzug auf Keller.

»Lassen Sie uns erst hochfahren«, sagte er. Nach einigen Minuten des Wartens hielt der Lift und die beiden stiegen ein. Der Polizist drückte auf den obersten Knopf und die Türen schlossen sich. Der Fahrstuhl setzte sich langsam in Bewegung und Keller wurde klar, wieso er so lange gebraucht hatte, bis er unten war.

»Das war ja alles sehr eindeutig«, meinte Keller.

»Haben Sie etwas anderes erwartet?«

»Nein, eigentlich nicht. Sind Sie sicher, daß die Katze die einzige war, die dort zu finden war? Ich meine, der Tierarzt hat Herrn Gallring ja zum Schluß noch ein entsprechendes Stichwort gegeben.«

»Sie können versichert sein, daß es dort keine weitere tote Katze gab. Es war ja schon teilweise grotesk, was da alles unterstellt wurde.«

»Sind Sie vor der Befragung irgendwie beeinflußt worden?«

»Nein, und es hat auch niemand versucht.«

Der Fahrstuhl kam oben an.

»Haben Sie denn den Eindruck, daß die Geschichte noch ein Nachspiel haben wird?«

Meyer schüttelte seinen Kopf.

»Nicht bei uns. Im Präsidium werden durchaus schon Witze darüber gemacht, aber das war's auch. Mir ist nicht bekannt, daß da jetzt irgendwelche Ermittlungen stattfinden sollen.«

Keller legte nachdenklich seine Stirn in Falten.

»Ist das nicht ungewöhnlich?«

»Das wäre nur dann ungewöhnlich, wenn da wirklich

eine strangulierte und mit Schleifchen verzierte Katze vor der Tür des Ministers gelegen hätte. So gibt es ja nichts zu ermitteln. Die Katze wurde überfahren, der Kadaver beseitigt... was wollen Sie da noch ermitteln?«

»Tja«, murmelte Keller. »Das wüßte ich auch gerne.«

In der Zwischenzeit gingen Frank Saalfeld und Albrecht Werries in Saalfelds Büro, um noch ein wenig über die Ausschußsitzung zu sprechen.

»Besser konnte es nicht laufen«, sagte Werries. »Keiner der Zeugen hat eine mit Schleifchen verzierte Katze gesehen. Niemand wollte die Aussage machen, daß die Katze erwürgt wurde...«

»Ja«, erwiderte Saalfeld. »Nur – was machen wir damit? Ich denke, wir sollten den Minister auch noch einmal dazu befragen. Er wird sich nicht auf Dauer vor dem Ausschuß drücken können mit dem Hinweis darauf, daß sein Vater gestorben ist. Nächste Woche sollten wir ihn noch mal vorladen.«

»Das müssen wir aber gleich Montag tun, denn heute ist Freitagnachmittag und in den Büros ist jetzt schon weitgehend Feierabend.«

»Ja, ja, ich werde am Wochenende den Antrag fertigmachen und gleich Montag einreichen. Nächsten Freitag tagen wir noch mal und dann kommt die Sommerpause. Das Parlament tritt am Dienstag noch einmal zusammen und das war's bis zum Herbst.«

»Reg dich nicht auf. Wir stehen doch erst am Anfang unserer Oppositionszeit. Es wird weitere Gelegenheiten geben, wenn wir diesmal nicht erreichen, daß der Minister abtritt.«

»Darauf kannst du dich verlassen. Unser Antrag auf Entlassung ist von der Regierungsmehrheit abgeschmettert worden. War ja auch eigentlich auch nicht anders zu erwarten, nachdem die Regierung erst seit so kurzer Zeit im Amt ist.«

Gabriele Kanz kam mit einem Zettel in der Hand eilig in das Büro Saalfelds gelaufen und warf den Zettel hektisch vor Saalfeld auf den Schreibtisch.

»Das müssen Sie lesen! Ist gerade reingekommen.«

Saalfeld nahm den Zettel und las ihn durch, während seine Kollegin wieder zu Atem kam.

»Unglaublich«, murmelte Saalfeld. Werries beugte sich vor, um einen Blick auf den Zettel zu erhaschen.

»Die Staatsanwaltschaft stellt das Verfahren gegen Bernhardt gegen die Zahlung einer Geldbuße von 8000 DM ein«, sagte Saalfeld Werries ließ sich in einen der Bürosessel sinken, die in Saalfelds Büro standen.

»Das waren die Neuigkeiten, die sich abgezeichnet haben«, sagte Kanz, »und die Bernhardt uns nicht sagen wollte vorletzte Woche. Seine ungelegten Eier!«

»Das ist wirklich ein Ei«, brummte Werries dumpf.

»Damit dürfte sich die Anwaltskammer auch zufriedengeben«, fuhr Kanz fort. »Minister Bernhardt hat von juristischer Seite nichts mehr zu befürchten. Mit der Geldbuße ist aus juristischer Sicht die Sache abgeschlossen.«

»Naja, dann können wir ja die Hoffnung begraben, daß er wegen dieser Sache zurücktreten wird. Wenn die Angelegenheit mit 8000 DM aus der Welt geschafft ist, wird er sicher als Nächstes vor dem Ausschuß erzählen, daß wir jetzt auch nichts mehr zu nörgeln haben könnten.«

Saalfeld guckte ungläubig auf die Notiz, die ihm seine Kollegin Kanz auf den Schreibtisch gelegt hatte, und schüttelte langsam seinen Kopf.

»Das darf nicht wahr sein! Ist das auch sicher?«

Kanz nickte.

»Ich habe es gegengeprüft, bevor ich hergekommen bin. Morgen dürfte das auch in den Zeitungen stehen, es kam noch rechtzeitig für die Agenturen und für die Medien. Offensichtlich wollte Bernhardt, daß das über das Wochenende die Runde macht.«

»Wenn er das schon vor gut zwei Wochen gewußt und so lange unter dem Deckel gehalten hat, dann dürfen wir davon ausgehen, daß er sich diese Bombe aufgehoben hat, um die Berichterstattung über den heutigen Ausschußtag in den Schatten treten zu lassen. Nicht ungeschickt, der Schachzug«, meinte Saalfeld.

»Grandios«, knurrte Werries.

»Es bleibt dabei. Ich werde beantragen, daß er nächstes Mal vor dem Ausschuß aussagen muß. Dann hat er keine Bombe mehr, die er platzen lassen kann, um die Berichterstattung zu beeinflussen. Das ist doch echt unerhört!«

»Nächste Woche tagt der Bundesrat«, sagte Kanz.

»Ich dachte heute?«

»Nein. Es war für heute geplant, findet aber doch nächste Woche statt. Der Eintrag im Sitzungskalender war korrigiert aber nicht mitgeteilt worden.«

»Dann können wir ihn aber erst nach der Sommerpause befragen!«

Werries schloß seine Augen und hoffte, daß das alles nicht wahr sein konnte. Als er seine Augen wieder öffnete, war er immer noch in Saalfelds Büro, und noch immer lag die Notiz der Kollegin von den Alternativen auf dem Schreibtisch Saalfelds.

»Wie gehen wir nun vor?«

Saalfeld überlegte und drehte sich dabei mit seinem Bürostuhl langsam hin und her, während er die Fingerspitzen seiner Hände aneinanderlegte und die Stirn runzelte.

»Wir beantragen das Erscheinen Bernhardts. Wenn er nicht kommt, haben wir Pech gehabt und können ihn erst im Herbst zu der Katze befragen. Und wir können hoffen, daß er sich inzwischen noch ein paarmal öffentlich äußert und sich dabei noch mehr in die Bredouille bringt, als er es bisher in dieser Sache getan hat.«

»Dieser Keller wird morgen den Artikel bringen«, warf Kanz ein. »Jedenfalls, wenn seine Redaktion ihn läßt. Bei der Zeitung berichtet noch ein anderer Journalist über die Sache mit dem Parteienverrat. Das wird wohl getrennt laufen, so daß zumindest in der Zeitung beide Vorfälle berichtet werden.«

»Hoffen wir, daß es in noch mehr Zeitungen so läuft. Daß der Minister durch die Zeugen widerlegt wurde, kann gar nicht laut genug in die Öffentlichkeit hinausgerufen werden. Darf ein Minister im Amt bleiben, wenn er dermaßen lügt?«

»Sagt mal«, warf Werries ein, »glaubt ihr nicht auch, daß Bernhardt eigentlich eine Strategie haben müßte, um aus der Nummer wieder rauszukommen? Ich meine, jetzt, nachdem die Staatsanwaltschaft die Ermittlungen eingestellt hat, braucht er doch dieses Ablenkungsmanöver eigentlich gar nicht mehr.«

Kanz zuckte kurz mit ihren Schultern.

»Welche Strategie soll er da haben? Er hat doch bereits vor dem Ausschuß bestätigt, daß die Katze vor der Tür lag, und diesem Keller und weiteren Journalisten hat er es auch schon wiederholt erzählt. Da kann er sich doch jetzt nicht auf ein Mißverständnis ausreden.«

Saalfeld schüttelte versunkenen seinen Kopf.

»Nein, ich weiß auch nicht, wie er da wieder herauskommen will. Nur habe ich das ungute Gefühl, daß er herauskommen wird, wie auch immer. Die Regierung zeigt noch keinen Anflug von Schwäche. Von der Öffentlichkeit wird das alles als nicht so dramatisch angesehen, so daß sich von dieser Seite auch kein Druck aufbaut. Mein ungutes Gefühl ist, daß Bernhardt dies alles relativ unbeschadet überstehen wird.«

15.

Unter dem Titel »*Bernhardts strangulierte Katze bleibt ein Phantom*« berichtete Keller über die Sitzung des Ausschusses. Zugleich prangte die Meldung auf der gleichen Seite der Zeitung, daß die Staatsanwaltschaft eine Geldbuße von 8000 DM gegen Bernhardt verhängt hatte, die dieser akzeptiert hätte. Juristisch sei der Fall damit abgeschlossen, und in einem kurzen Statement erklärte Bernhardt, daß er darüber erleichtert sei. Der Anlaß für den Ausschuß sei damit doch eigentlich auch verschwunden, setzte Bernhardt nach.

Die Geschichte mit der Katze war indes nicht vom Tisch. Mehrere Zeitungen berichteten über die Ausschußsitzung und dies überwiegend nicht in kleinen Notizen, sondern in durchaus ausführlichen Artikeln. Die Behauptungen des Ministers und die Feststellungen der

Polizei und der anderen Zeugen standen sich unvereinbar gegenüber. Im Laufe des Wochenendes zeigte sich auch Saalfeld überrascht davon, wie sehr doch die Ausschußsitzung die Berichte und Kommentare dominierte. Auch Keller schrieb zum ersten Mal auf der Meinungsseite seiner Zeitung einen Kommentar zu diesem Thema.

Schon in der darauffolgenden Woche gab Minister Bernhardt eine Pressekonferenz, in der er nochmals seine Erleichterung über die Entscheidung bekanntgab und darauf hinwies, daß er damit die Angelegenheit für abgeschlossen hielt. Auch Keller war zu der Pressekonferenz gekommen und stellte, wie einige seiner Kollegen auch, Fragen zur Katze.

Zunächst wich Minister Bernhardt aus, dann erklärte er plötzlich, er habe die Katze gar nicht gesehen. Näher wollte er sich in der Folge jedoch nicht einlassen und auf die Frage, ob er am Freitag vor dem Ausschuß Rede und Antwort stehen werde, erklärte er lapidar, daß er am Freitag nur vor dem Bundesrat reden würde.

Auch Keller war klar, daß dies die letzte Gelegenheit für die Opposition gewesen wäre, ihn noch vor der Sommerpause in der Sache zu hören. Am Ende der Pressekonferenz meinte Keller ein zufriedenes Lächeln über das Gesicht des Ministers huschen zu sehen.

Jedoch ging die Strategie Bernhardts nicht auf. Hatte er gehofft, die Katzengeschichte ebenso mit einem Federstrich zu beenden wie die Affäre um seinen Parteienverrat, hatte er sich geirrt. Immer wieder mal flackerte die Geschichte während der Sommerpause auf. Immer wieder wurden ihm Fragen gestellt, denen er auszuweichen versuchte und immer wieder spekulierten Journalisten in dieser »Saure-Gurken-Zeit« über die Katze, wenn es gerade nichts anderes zu berichten gab.

Saalfeld hatte sich mit seiner Familie während der Sommerpause vierzehn Tage Urlaub an der Ostsee gegönnt, um weit weg zu sein von der Landespolitik und strangulierten Katzen. Ganz abschalten konnte er jedoch nicht. Er verfolgte, wie sich der Minister über die

Zeit zu retten versuchte, indem er jede Stellungnahme zur Katze mied.

Der Herbst rückte näher. Und während sich die Blätter der ersten Bäume bunt verfärbten, erwachte das parlamentarische Leben in der Landeshauptstadt, als sei ein zaghafter Frühling durch die Gänge und Büros des Parlaments geweht. Saalfeld war auf der letzten Fraktionssitzung zum stellvertretenden Fraktionsgeschäftsführer gewählt worden und ließ sich von seinem Amtsvorgänger in die Arbeit einweisen. Zugleich brachte er den Antrag ein, den Minister in der Sache mit der Katze vor dem Ausschuß noch einmal zu hören und gab auch die entsprechende Pressemitteilung heraus. Die Katzengeschichte war wieder auf der Tagesordnung und erneut mußte sich Minister Bernhardt mit ihr auseinandersetzen. Schon im Vorfeld der Sitzung bekam er Anfragen bezüglich der Katze.

Die Sitzung des Ausschusses rückte näher, und es würde wieder eine öffentliche Sitzung werden. Keller hatte beobachtet, daß auch bei den konkurrierenden Medien die Berichte über die Katze wieder zunahmen. Sein Redakteur ermöglichte es ihm, am Tag der Sitzung einen Artikel zu veröffentlichen, in dem er noch einmal den Verlauf der Vernehmung der Polizisten, der Feuerwehrleute, des Tierarztes und des Abdeckers zusammenfaßte.

Zur Ausschußsitzung war Keller früh gekommen in Erwartung, daß es nicht leicht sein würde, einen guten Platz zu ergattern. Er hatte gut daran getan, denn das Interesse an dieser Sitzung war recht groß, wovon Saalfeld sich angenehm überrascht zeigte. Noch am Tag zuvor hatte er resigniert zu seinem Fraktionschef Fiedler gesagt, daß sich außer Keller und einer Handvoll weiterer Journalisten wohl niemand mehr für den Ausschuß und die Geschichte um die Katze begeistern würden.

Nun war der Tag da, auf den Saalfeld den ganzen Sommer über gewartet hatte, auch wenn er sich das nicht so recht eingestehen wollte. Das Kommen des Ministers war sicher und auf den Gängen und im Sitzungssaal herrschte reges Treiben. Offensichtlich waren nicht nur die Mitglieder des Untersuchungsausschusses gespannt darauf, was Minister Bernhardt nun zu der Geschichte mit der Katze zu sagen hatte.

Minister Bernhardt war sich dessen bewußt, daß seine Mine von den doch zahlreichen Journalisten beobachtet werden würde, als er den Saal betrat. So bemühte er sich sichtlich, möglichst gleichgültig dreinzuschauen, als er sich auf dem Zeugenplatz niederließ. Noch immer herrschte Unruhe und der Ausschußpräsident hatte Mühe, sie zu beenden.

»Ich hoffe, Sie alle sind gut erholt aus dem Urlaub zurückgekehrt«, mühte er sich zu scherzen, bevor er zur Tagesordnung überging. Die ersten Fragen an den Minister durfte Saalfeld stellen. Dieser ging mit einem schmalen Aktenhefter zum Pult und stand so dem Minister direkt gegenüber. Für einen Moment dachte Saalfeld, daß diese Situation plötzlich etwas von einem Duell bekam, schob aber den Gedanken sogleich wieder beiseite.

»Herr Minister«, hob Saalfeld an, »es ist ja nun ein wenig her, daß wir uns hier gegenüberstanden und in der Zwischenzeit hat sich einiges zugetragen. Vor der Sommerpause haben wir die Polizeibeamten gehört, die während des Vorfalls um Ihr Haus herum anwesend waren. Die Polizisten erklärten, es habe nur eine tote Katze geben, die allerdings im Garten gelegen habe und offensichtlich überfahren worden sei.«

»Das kann nicht sein«, erwiderte Bernhardt. »Die Lage meines Hauses gibt es überhaupt nicht her, daß in der Nähe eine Katze überfahren worden sein kann!«

»Das Tier habe sich bis ihren Garten geschleppt und sei dort verendet.«

»Ich habe Ihnen doch gerade gesagt, daß das unwahrscheinlich ist. Es ist mir unbegreiflich, wie die Polzisten das sagen können.«

»Auch die Feuerwehrleute, die zur Abholung der Katze hinzugezogen wurde, sagten aus, daß die Katze überfahren worden sei. Der Tierarzt, der Katze von den Feuerwehrleuten entgegengenommen hatte, erklärte, daß die Katze überfahren worden sei.«

»Hat er die Katze überhaupt untersucht?«

»Nach seiner Aussage: Ja.«

»Also wissen Sie, Herr Saalfeld, ich kann dazu eigentlich auch nicht so richtig was beitragen, denn ich habe die Katze selbst gar nicht gesehen.«

Obwohl Saalfeld diese Aussagen bereits in den Medien gelesen und zur Kenntnis genommen hatte, daß dies wohl die neue Verteidigungsstrategie Bernhardts war, gab er sich betont überrascht.

»Wie bitte? Sie haben doch bei Ihrer ersten Aussage hier vor dem Ausschuß gesagt, daß die Katze vor ihrer Haustür gelegen habe, daß sie stranguliert und mit Schleifchen verziert war.«

»Ja, das ... das war sie auch. Also, soweit ich weiß.«

Saalfeld war nun in der Tat neugierig, welche Ausrede sich der Minister ausgedacht haben könnte, um einen mehr oder weniger eleganten Weg aus der Katzengeschichte zu finden. Einen kurzen Moment lang überlegte er, ob es für die Dramaturgie insbesondere vor den Medienvertretern nützlich sein könnte, die Befragung noch ein wenig in die Länge zu ziehen oder gleich zum Punkt zu kommen. Er entschied sich für letzteres.

»Wieso haben Sie die Katze nicht gesehen? Wie kommen Sie dazu, derartige Aussagen zu machen, wenn Sie die Katze selbst gar nicht gesehen haben?«

»Also, das muß ich Ihnen jetzt erklären.«

»Ich bitte darum!«

»Zu der Zeit hat mein Vater das Haus gehütet, also in der Zeit, als ich mit meiner Familie in Berlin war und ich den Bundespräsidenten wählte. Er hat die Katze gesehen.«

»Ihr Vater?«

»Ja.«

»Ihr Vater, der in diesem Sommer verstorben ist?«

»Ja, einen anderen Vater habe ich nicht.«

Saalfeld rümpfte kurz seine Nase. Das war also des Ministers Lösung. Der verstorbene Vater hatte ihm von der Katze berichtet, und den konnte nun niemand mehr befragen.

»Also weiter. Ihr Vater berichtete Ihnen von der Katze?«

»Ja, er sagte, daß eine tote Katze vor der Tür gelegen habe. Die war mit Schleifchen verziert, sagte er, weißt du das eigentlich? Naja, das konnte ich ja nicht wissen, aber da wußte ich es. Wir machten uns da ein wenig Gedanken, daß es die Mafia gewesen sein könnte. Zu der Zeit wurde ja, wie Sie wissen, in meine Kanzlei eingebrochen und jemand in einem dunklen Wagen folgte mir. Deswegen waren ja auch die Polizisten in der Gegend des Hauses.«

»Sie wissen natürlich, daß Polizisten meinen, daß Leute in Ihrem Büro einfach nur nach Geld gesucht haben, und daß es offenbar weder die Mafia noch irgendwelche Leute waren, die dort Scheidungsakten gesucht haben?«

»Also, zu der Zeit war das ja nicht bekannt! Ich machte mir Sorgen und mein Vater auch. Bei einer Gelegenheit habe ich das dann diesem Journalisten – wie heißt er doch? – davon erzählt. Und ja, vor diesem Ausschuß habe ich auch ausgesagt, daß die Katze vor der Tür lag. Es tut mir leid, wenn ich mich da nicht klar genug ausgedrückt haben sollte und der Eindruck entstand, daß ich die Katze selbst gesehen hätte.«

Mit einem Blick zu seiner Kollegin stellte Saalfeld fest, daß Kanz über diese Aussage ebenso fassungslos war wie er selbst.

»Könnte sich Ihr Vater geirrt haben?«, fragte Saalfeld.

»Das glaube ich nicht.«

»Oder sich einen kleinen Scherz mit Ihnen erlaubt haben?«

»Nicht in solchen Dingen.«

»Haben Sie ihn noch einmal nach der Katze gefragt oder noch mal mit ihm über diese Sache gesprochen?«

»Nachdem ich mit diesem Journalisten sprach?«

»Überhaupt.«

»Nein.«

Auch Keller verfolgte die Aussagen des Ministers mit

sichtbarer Fassungslosigkeit. Für einen Moment stockte er gar bei seinen Notizen, beeilte sich jedoch, wieder mitzuschreiben, um nichts zu vergessen.

»Über eine Sache, die Sie so erschüttert hat, haben Sie mit Ihrem Vater nicht mehr gesprochen?«, setzte Saalfeld nach.

»Naja, er war beruhigt, als ich ihm sagte, daß ich die Sache der Polizei übergebe.«

»Warum haben sie eigentlich zuerst dem Journalisten davon erzählt? Abgesehen von der Beseitigung der Katze war die Polizei bis dahin mit der Sache doch gar nicht befaßt?«

»Das habe ich gar nicht. Einige Zeit vorher hatte ich noch mit jemanden von der Polizei darüber gesprochen. Dann verlief die Sache wohl irgendwie im Sande, und als mich dieser Journalist ansprach, fiel es mir wieder ein.«

Saalfeld sah den Minister prüfend an. Zwar konnte er sich dessen Antwort schon denken, aber er wollte dennoch auf den Widerspruch zu sprechen kommen, der zwischen den Beschreibungen der Katze durch den Minister einerseits und die Zeugen andererseits bestand.

»Herr Minister«, sagte Saalfeld und bemühte sich, es nicht zu feierlich klingen zu lassen. »Sie sagten hier vor der Sommerpause aus, daß die Katze, die vor Ihrer Haustür lag, eine schwarze Katze war, die mit roten Schleifchen verziert war. Erinnern Sie sich daran? Im Zweifel kann ich Ihnen auch gerne das Protokoll der Sitzung geben.«

»Nein, das brauchen Sie nicht. Ich erinnere mich.«

»Haben Sie eine Erklärung dafür, daß alle Zeugen, die auf das Aussehen der Katze zu sprechen kamen oder danach gefragt wurden, hier aussagten, daß es sich um eine rotbraune, getigerte Katze gehandelt hat, die im Garten Ihres Hauses gefunden wurde?«

»Das kann ich mir nur so erklären, daß im Garten eine andere Katze gefunden wurde als jene, die mein Vater vor der Haustür gefunden hat.«

»Und Sie meinen nicht, daß diese Diskrepanz und der Umstand, daß aber auch wirklich niemand außer Ihnen, beziehungsweise Ihrem Vater, die schwarze Katze mit roten Schleifchen gesehen hat, darauf hindeutet, daß es diese schwarze Katze gar nicht gab?«

»Nein, Herr Saalfeld. Wie ich Ihnen schon sagte: Ich habe keinen Anlaß, an den Worten meines Vaters zu zweifeln.

Saalfeld seufzte leise.

»Also gut. Ich habe zunächst keine weiteren Fragen an den Herrn Minister.«

Der Vorsitzende des Ausschusses wandte sich Gallring zu und Saalfeld kehrte zu seinem Platz zurück. Gallring raschelte ein wenig demonstrativ und mit einem zufriedenen Gesichtsausdruck mit seinen Papieren, bevor er an das Pult trat.

»Herr Minister, ich möchte Ihnen zunächst einmal danken, daß Sie diese Angelegenheiten, die von der Opposition so aufgebauscht wurde, so plausibel aufgeklärt haben.«

»Nichts ist aufgeklärt«, zischte Saalfeld seinem Kollegen Werries zu, der einen undefinierbaren Laut von sich gab und nach der Zeitung griff, die er auf dem Weg zum Parlament gekauft aber noch nicht gelesen hatte.

»Nun möchte ich auch noch ein paar Fragen stellen«, kündigte Gallring an. »Nachdem Ihr Vater Ihnen von der Katze erzählte, haben Sie je gezweifelt, daß die Sache wahr ist?«

»Keine Sekunde. Mein Vater pflegte keine Gruselmärchen zu erzählen.«

»Wie hat er Ihnen die Lage der Katze beschrieben?«

»Sie lag vor der Haustür, stranguliert und mit Schleifchen verziert.«

»Nicht etwa im Garten?«

»Nein, vor der Haustür.«

»Und halten Sie es für möglich, daß jemand die Schleifchen entfernt und die Katze in den Garten gebracht hat?«

»Ja, möglich.«

»Oder daß es gar eine andere Katze war, die im Garten vorgefunden wurde, als jene, die vor Ihrer Haustür lag?«

Werries gab einen unterdrückten lachenden Laut von sich, was einen mißbilligenden Blick des Vorsitzenden einbrachte. Er schob die Zeitung zu Saalfeld herüber und deutete auf eine Karikatur. Saalfeld betrachte die Karikatur und grinste. Sie bildete den Minister Bernhardt ab, der seinen Amtseid auf eine tote Katze leistete. Saalfeld reichte die Zeitung zu Gabriele Kanz herüber, die ebenfalls unterdrückt lachte.

»Ich muß die Opposition bitten, die Angelegenheit doch mit etwas mehr Ernsthaftigkeit zu verfolgen«, rügte Gallring, noch bevor der Vorsitzende des Ausschusses die Gelegenheit dazu hatte. Der Minister, der gerade zur Antwort angesetzt hatte, setzte ebenfalls einen mißbilligenden Gesichtsaufdruck auf.

»Ja, das finde ich auch«, pflichtete der Vorsitzende bei. »Sie haben das Wort, Herr Gallring.«

»Ich halte es für möglich, daß es eine andere Katze war«, erwiderte Minister Bernhardt. »Aber ich kann es auch nicht richtig beurteilen, denn ich war ja in Berlin um den Bundespräsidenten zu wählen.«

»Ich habe keine weiteren Fragen.«

Ein Raunen ging seit der Antwort des Ministers, daß nicht er, sondern sein Vater die Katze gesehen habe, durch das Publikum, das bis zu diesem Zeitpunkt nicht zu recht aufhören wollte. Nun erteilte der Ausschußpräsident der Obfrau der Alternativen das Wort zur Befragung des Ministers.

»Herr Minister, können Sie uns erklären, wieso Sie eigentlich so lange den Eindruck erweckt haben, daß Sie die Katze selbst gesehen haben?«

»Wie ich sagte, Frau Kollegin: Ich habe mich wohl etwas unklar ausgedrückt.«

»Ja, wohl etwas sehr unklar. Wie erklären Sie sich, daß die Version, die Sie jetzt vorgeben von Ihrem Vater gehört zu haben, sich so dramatisch von dem unterscheidet, was die Polizisten beobachtet haben?«

»Dafür habe ich keine Erklärung. Außer die, daß die Polizisten sich irren oder eine andere Katze gesehen haben.«

»Hat Ihnen Ihr Vater von zwei oder von einer Katze erzählt?«

»Nur von einer.«

»Die Polizisten haben ausgesagt, daß sie bei Ihnen angerufen haben, beziehungsweise in Berlin anrufen ließen, um festzustellen, ob die Katze, die im Garten gefunden wurde, Ihnen gehört. Sie hätten dann gesagt, daß dem nicht so sei. Haben sich die Polizisten da auch geirrt?«

»Ich kann mich an keinen Anruf erinnern, bei dem es um eine Katze ging.«

»Sie können sich nicht erinnern oder es gab keinen Anruf?«

»Ich kann mich nicht daran erinnern.«

»Und Sie sind nach wie vor der Meinung, daß tatsächlich eine strangulierte und mit Schleifchen verzierte Katze vor Ihrem Haus lag, obwohl es außer der Erzählung Ihres Vaters keinen weiteren Beleg für diese Geschichte gibt?«

»Ja, wie ich sagte: Mein Vater hatte keinen Grund, mir eine solche Geschichte zu erzählen, wenn sie nicht wahr gewesen sein sollte.«

»Und welchen Grund sollen die Polizisten gehabt haben, sich eine solche Geschichte auszudenken, die von der Ihres Vaters dermaßen dramatisch abweicht?«

Minister Bernhardt sah Kanz betont ratlos an.

»Ich weiß es nicht, Frau Kanz. Das weiß ich wirklich nicht. Das müßten Sie die Polizisten fragen.«

Auch Kanz kamen mehr und mehr Zweifel, ob diese Befragung überhaupt noch zu etwas führte außer, daß der Minister eine Bühne bekam, auf der er die Geschichte, mit der er zurückrudern wollte, weiter auszuschmücken konnte.

»Herr Minister«, fuhr sie fort, »Sie haben die Öffentlichkeit seit dem Sommer mit dieser Katzengeschichte beschäftigt. Plötzlich, während der Sommerpause, und nachdem die Staatsanwaltschaft wegen des Parteienverrats eine Geldbuße gegen Sie verhängt hatte, fiel Ihnen ein, daß Sie die Katze nie gesehen hätten, während Sie vorher stets den Eindruck erweckten, daß dem so sei.

Finden Sie das nicht selbst etwas widersprüchlich?«

»Ich habe nicht gesagt, daß ich die Katze gesehen hätte.«

»Ich habe auch gesagt, daß Sie den Eindruck erweckten.«

»Ja, das tut mir auch leid, daß ich diesen falschen Eindruck erweckt habe.«

»Und wieso haben Sie nicht gleich gesagt, daß Sie durch Ihren Vater von der Katze erfahren haben?«

»Ich wollte meine Familie da heraushalten.«

»Und jetzt nicht mehr?«

»Ich hatte ja keine Wahl bei all den Unterstellungen.«

Mit einem kurzen Stoßseufzer verzichtete Kanz auf weitere Fragen. Vom Ausschußvorsitzenden angesprochen verzichtete auch Hobert auf Fragen. Wegen einer durch den Minister angekündigten Pressekonferenz und der darauffolgenden Mittagszeit wurde eine Sitzungspause von zwei Stunden eingelegt. Anschließend würde ein weiterer Aspekt des Parteienverrats behandelt, während dessen der Staatsanwalt gehört werden sollte, der das Verfahren gegen Bernhardt geführt hatte.

Bernhardt verließ den Sitzungsraum, gefolgt von den Presseleuten. Saalfeld war sich sicher, daß nur die wenigsten von ihnen zurückkehren würden, um der Zeugenanhörung des Staatsanwaltes beizuwohnen. Er verließ den Saal, um sich ein wenig die Füße zu vertreten.

16.

Innenminister Bernhardt gab vor dem Sitzungssaal seine Pressekonferenz und wiederholte noch einmal für alle Medienvertreter, daß ihm sein Vater von der Katze berichtet hatte. Saalfeld nickte kurz und setze seinen Weg zu seinem Büro fort. Er setzte sich Kaffee auf und ließ sich hinter seinen Schreibtisch sinken. Kurz nach ihm kam Werries ins Büro. Saalfeld stellte eine zweite Tasse auf den Schreibtisch.

»Trinkst du auch einen traurigen Kaffee mit mir?«

»Danke, gerne«, erwiderte Werries.

»Meine Güte, was hat uns der Bernhardt reingelegt. Ich

hatte an viele Möglichkeiten gedacht, aber daß er alles auf den toten Vater schiebt... Nein, darauf wäre ich nicht gekommen.«

»Und das ist so bequem. Den Vater können wir jetzt schwerlich fragen.«

»Ja, genau das dürfte auch seine Absicht gewesen sein. Die Aussage der Polizisten steht gegen die Aussage eines Toten.«

»Und jetzt?«

»Nichts jetzt. Was soll schon noch werden? Wir befragen gleich den Staatsanwalt wegen des Parteienverrats und der Verhängung der Geldbuße, dann folgen wir noch der einen oder anderen Spur, hören vielleicht noch mal ein paar Zeugen und dann machen wir den Ausschußbericht. Die Ausschußmehrheit wird reinschreiben, daß Bernhardt zu glauben ist, und wir werden reinschreiben, daß die Polizisten beim besten Willen keine strangulierte und mit Schleifchen verzierte Katze sehen konnten. Die ersten Karikaturen sind zu dieser Sache auch schon raus und in zehn Jahren wird sicher kaum noch jemand über die Katze sprechen. Bernhardt kommt davon, dem Ministerpräsidenten bleibt die Suche nach einem neuen Innenminister erspart und ich darf mir von einem grinsenden Gallring erzählen lassen, daß wir mit diesem Ausschuß nur Steuergelder verschwendet hätten.«

Es klopfte an die Tür und Keller betrat das Büro.

»Ah, Herr Keller«, rief Saalfeld aus. »Ist die Pressekonferenz schon vorbei?«

»Nicht ganz«, erwiderte Keller, »aber da kommt jetzt wohl nichts Neues mehr.«

»Setzen Sie sich. Trinken Sie auch einen Kaffee mit uns?«

»Ja, gerne.«

Saalfeld holte eine weitere Tasse und goß Kaffee hinein. Keller fügte noch Milch und Zucker hinzu.

»Was werden Sie denn nun morgen schreiben?«, fragte Werries.

»Tja. Ich werde davon berichten, daß der Minister jetzt

sagt, daß sein Vater die Katze entdeckt haben soll und daß der Minister selbst sie nie gesehen habe. Und ich werde darauf hinweisen, daß die Polizisten das deutlich anders dargestellt haben.«

Saalfeld nickte.

»Mehr können Sie auch nicht tun. Und wir auch nicht. Unglaublich, daß so einer mit einer solchen Geschichte davonkommt! Parteienverrat, ein aufgebauschter Einbruch in sein Büro, ein rätselhafter Mafia-Pate, der ihn verfolgt und eine strangulierte Katze, verziert mit Schleifchen. Bernhardts Märchenstunde, und wir können dagegen nichts weiter tun als ein Minderheitenvotum zu verfassen.«

»Ganz schön kaltschnäuzig, daß er jetzt die Geschichte auf seinen toten Vater abschiebt, nicht wahr?«

Saalfeld nickte zustimmend.

»Ja. In der Tat. Und vor der Sommerpause veranlaßte Gallring noch theatralisch eine Schweigeminute für Bernhardts toten Vater.«

»Werden Sie ein Minderheitenvotum verfassen?«

»Darauf können Sie sich verlassen! Aber so weit sind wir noch nicht, erst mal geht es noch ein wenig weiter im Ausschuß. Den Jahreswechsel wird dieser Ausschuß sicher noch erleben, im Januar oder Februar sind wir dann fertig. In jeder Hinsicht.«

»Sie klingen, als hätten Sie resigniert.«

Saalfeld sah Keller eine Zeitlang stumm an.

»Ja, Herr Keller, im Moment fühle ich mich ein wenig so. Mir ist klargeworden, welch ein Unterschied es doch ist, in der Opposition zu sein. Sie wissen ja, daß wir noch nicht so viel Übung darin haben.«

Keller zeigte ein leichtes Lächeln.

»Meinen Sie, daß alles umsonst war?«

Nun setzte Saalfeld einen entschlossenen Blick auf.

»Nein, umsonst war es nicht. Es war notwendig, mit einem solchen Ausschuß der Öffentlichkeit zu zeigen, daß auch ein Minister nicht über dem Gesetz stehen darf. Daß er sich vom Parlament auch Fragen stellen lassen muß. Das Parlament muß die Regierung kontrol-

111

lieren, und der Untersuchungsausschuß ist eines der Instrumente, dies zu tun. Das lasse ich mir auch nicht ausreden.«

»Das will ja wohl auch keiner«, meinte Werries und trank ein wenig von seinem Kaffee. Saalfeld schüttelte versunken seinen Kopf.

»Nein, wirklich. Ich hatte mir viele Varianten von Ausflüchten überlegt, die uns der Minister heute hätte vortragen können. Aber auf die Geschichte mit dem Vater wäre ich nicht gekommen. Sie ist perfekt. Er ist tot und kann sich nicht wehren und auch nicht befragt werden. Es haben zwar vier Polizisten, zwei Feuerwehrleute, ein Tierarzt und ein Abdecker hier etwas anderes ausgesagt, aber jetzt steht der Minister wieder vor der Presse und verkündet ungerührt, daß die Katze eben doch vor seiner Haustür gelegen habe. Besser hätte das kein Kabarettist hinbekommen.«

Werries nickte zustimmend und kramte wieder die Zeitung hervor, die er Keller zeigte.

»Kennen Sie eigentlich diese Karikatur?«

Keller betrachtete sie und grinste.

»Sehr treffend. Die sollten Sie aufheben für den Fall, daß Bernhardt noch mal vereidigt werden sollte.«

»Steht zu befürchten«, meinte Saalfeld. »Aber kommen Sie, Herr Keller. Albrecht und ich müssen noch was essen, bevor die Sitzung weitergeht und Sie müssen in die Redaktion und eine Story schreiben. Wer weiß, wer von uns eigentlich weniger zu beneiden ist.«

»Ja«, murmelte Keller und verließ mit den beiden Abgeordneten das Büro.

»Was ich nur bedauerlich finde«, meinte Keller, während er mit Saalfeld und Werries über den Flur ging, »ist, daß wir wohl nie erfahren werden, was sich Bernhardt dabei dachte, als er mir die Katzengeschichte erzählte.«

»Das wissen wir doch«, erwiderte Saalfeld. »Er wollte ablenken. Als die Staatsanwaltschaft die Geldbuße verhängte und für Bernhardt sich die Sache als erledigt darstellte, wollte er die Katze plötzlich selbst nie gesehen haben. Er wollte ablenken, und das hat er wohl auch ziemlich erfolgreich getan. Leider.«

Keller hob seine Schultern.

»Sie meinen also, daß die Katzengeschichte im Ausschuß künftig keine Rolle mehr spielen wird?«

»Keine große, fürchte ich. Mit der Aussage, daß nur sein inzwischen verstorbener Vater die Katze gesehen habe, hat er sich praktisch unangreifbar gemacht. Wir können nichts weiter tun als uns darüber zu ärgern, daß er mit dieser Geschichte davonkommen wird.«

»Das ist aber doch ein bißchen wenig, finden Sie nicht auch?«

»Ja. Aber ich sehe nach dieser Aussage nicht mehr, wie wir ihm beikommen sollen. Natürlich hat er einen Schwenk gemacht, als herauskam, daß er kein dramatisches Urteil für den Parteienverrat bekommt. 8000 DM sind zwar nicht wenig, aber wenn man bedenkt, was Bernhardt noch zu verlieren hatte, auch nicht unbedingt viel. Ministerpräsident Kellner wird ihn als Innenminister behalten und er kann weitermachen wie bisher. Wir werden den Ausschuß weiterhin vorantreiben, aber heute habe ich eigentlich die Hoffnung verloren, daß er politische Konsequenzen für Bernhardt haben wird. Aber zitieren Sie mich bitte nicht, vielleicht irre ich mich ja auch.«

Keller zeigte ein leichtes Lächeln.

»Keine Sorge. Ich habe noch genug andere Dinge, die ich schreiben kann. Werden Sie weitere Anfragen zur Katze vor dem Ausschuß stellen?«

Saalfeld und Werries sahen einander kurz an.

»Naja, ich glaube eher nicht«, sagte Werries. »Bernhardt hat sich heute clever aus der Affäre gezogen und ich glaube nicht, daß Nachfragen noch viel bringen werden. Jeder kennt jetzt die Geschichte um die Katze, und es ist an den Leuten selbst, ihre Schlußfolgerungen daraus zu ziehen, unabhängig davon, was jetzt im Bericht des Ausschusses stehen wird. Zur Glaubwürdigkeit Bernhardts hat das sicher nicht beigetragen, aber es wird wohl leider auch nicht so abträglich werden, daß er als

Minister gehen müßte.«

»Ein tragisches Ende?«

»Wenn Sie so wollen«, erwiderte Saalfeld. »Es ist die Geschichte einer toten Katze, die für ein politisches Ablenkungsmanöver mißbraucht wurde. Gestützt auf den Kadaver einer Katze wandte sich der Minister aus einer Affäre, die ohnehin für ihn glimpflich endete. Eigentlich ein Treppenwitz.«

Die Wege der Männer trennten sich. Keller verabschiedete sich von Saalfeld und Werries und kehrte zu seinem Wagen zurück. In der Redaktion würde er die Geschichte der Katze schreiben und das tragische Ende einer Untersuchung erläutern, die mit einer grotesken Geschichte startete und ebenso endete. Wieder einmal, so schrieb Keller in seinem begleitenden Kommentar, war ein Minister davongekommen, der mit einem abenteuerlichen Märchen von seinem eigentlichen Skandal ablenkte. Statt ihn der Lüge zu überführen, schrieb Keller weiter, berichten wir Medien nur davon, wie sich der Minister das Ende seines Dramoletts vorstellt. Er schloß: Eigentlich traurig und vielleicht auch ein bißchen wenig.

Und auch Saalfeld sollte recht behalten mit seiner Einschätzung, daß Bernhardt erneut vereidigt werden würde. Nach der Wiederwahl der Regierung behielt er das Amt des Innenministers. Knapp zehn Jahre nach der Geschichte um die tote Katze wurde Bernhardt schließlich nach dem Wechsel des Ministerpräsidenten Kellner in die Wirtschaft selbst zum Ministerpräsidenten des Bundeslandes gewählt. Von der strangulierten und mit Schleifchen verzierten Katze war zu der Zeit in der Öffentlichkeit keine Rede mehr.

Der Minister und die Katze

Richard Keller .... Journalist

Thomas Petersen .... Redakteur

Hans Bernhardt .... Innenminister (Konservative)

Martin Fiedler .... Fraktionschef (Sozialdem.)

Klaas Stubben............. Vorsitzender des Ausschusses

Frank Saalfeld .... Obmann der Sozialdemokraten

Albrecht Werries .... Ausschußmitglied (Sozialdem.)

Gabriele Kanz............. Obfrau der Alternativen

Frank Hobert.............. Obmann der Liberalen

Helmut Gallring......... Obmann der Konservativen

Kristina Vanboom ..... Bernhardts Sekretärin

Karl Bemeyer .... Journalist

Gerd Mayer................. Polizist

Lars Weyer.................. Polizist

Gert Kofeld .... Polizist

Werner Becker........... Polizist

Klaus Schneider .... Feuerwehrmann

Heike Hauser.............. Feuerwehrfrau

Albert Kreisler .... Abdecker

Wolfgang Hofpage ..... Tierarzt

Robert Kellner............ Ministerpräsident

Quellen

Die Idee zu diesem Krimi wurde durch die folgenden Zeitungsartikel und Parlamentsdrucksachen gestützt:

Drucksache 15/1190 des Hessischen Landtags: Bericht des Untersuchungsausschusses 15/1 zu Drucksache 15/417 und Abweichender Bericht der Mitglieder der Fraktionen der SPD und Bündnis 90/Die Grünen zu dem Bericht des Untersuchungsausschusses 15/1 (besonders: S. 41ff und S. 49f).
http://starweb.hessen.de/cache/DRS/15/0/01190.pdf
(zuletzt angewählt: 04. August 2013)

Zips, Martin: An allem ist die Katze schuld. Süddeutsche Zeitung vom 29.06.1999, S. 10

Zips, Martin: Volker Bouffier schließt Rücktritt aus. Süddeutsche Zeitung vom 03.07.1999, S. 6

Zips, Martin (im Interview mit Volker Bouffier): Videokameras an Schulhöfen und Plätzen. Süddeutsche Zeitung vom 06.07.1999. S. 10

Zips, Martin: Bouffiers Katze ist aus dem Sack. Süddeutsche Zeitung vom 01.12.1999, S. 8

Leyendecker, Hans: Ein Faible für fantastische Geschichten. Süddeutsche Zeitung vom 18.01.2000, S. 2

Zips, Martin: Minister Bouffier und die tote Katze. Süddeutsche Zeitung vom 25.01.2000, S. 7

Kahlweit, Cathrin: Was kommt nach Koch? Süddeutsche Zeitung vom 11.02.2000, S. 10

Zips, Martin: Minister hofft auf Paragraf 153. Süddeutsche Zeitung vom 05.07.2000, S. 6